U0020243

BOOK 4

New York

何曼莊　　有時跳舞

有時跳舞

Harlem | Upper West Side | Central Park

1

Metropolitan Opera | Theater District | Hell's Kitchen

2

New York Public Library | MOMA | Bryant Park

3

Joyce Theater | On Stage | Chelsea

4

West Village | East Village | Lower East Side

5

Lower Manhattan | NYC Subway | East River

6

Brooklyn | Brooklyn Academy of Music | Prospect Park

7

生活在紐約，有時跳舞、有時不跳舞。

每年到了九月，我就會衷心感恩自己身在紐約，因為紐約的九月是最美的；秋高氣爽，陽光明媚，天空是接近無限透明的藍，不下雨，只聽見風輕推樹蔭唱的歌，我在這宜人的九月準備一場重大的考試，過著每日上圖書館讀書、晚上去上跳舞課的簡單生活，我一邊承受「可能會失敗」、還有「本來不睏但是一讀書就想睡覺」的壓力，一邊享受著這種心無旁騖的單純，我知道我以後會很想念這段單純的時間。

　　我高中上的是那間以「會讀書」出名的女校，然而在學校裡令人壓力最大的有時是體育課──要求好多，要跑步游泳，還要在中午比賽排球（為何要在正午比至今是個謎），但要不是被逼著做了那麼多的運動，我想我大學應該不會考得太好。

　　讀書需要好體力，我現在的體力當然沒有高中時好，智商可能也降低了不少。高齡三十八歲讀書備考，真的很挫折，為了平衡這份挫折感，我決定去尋找比讀書更挫折的事情──前ABT美國芭蕾劇院首席、現在成為明星芭蕾老師的Ashley Tuttle教授的中級班，在這個班裡我做什麼都是吊車尾，但是沒關係，舞蹈教給我一個重要的事情就是：要習慣挫折，並且帶著挫折感繼續練習。我從來就是一個半舞者；比不跳舞的人會跳舞，但比起專業舞者那可差遠了。而且當了幾十年的初學者，不進則退，柔軟度

跟腿力隨著年紀逐漸退化──幸好臉皮卻變得加倍結實。

　　我與表演藝術結緣至早，據說還只是胚胎時就經常看戲。我媽媽的大學摯友是劇場導演，有一則都會傳說是媽媽懷著我，肚子很大的時候去看京戲，看完戲，肚子痛就去生孩子了，導演阿姨說那天看的是《刀馬旦》，但媽媽記得的是《昭君出塞》，我的天哪，這兩齣戲差別那麼大，竟然能搞混嗎？

　　我的「身世之謎」暫且放一邊，正因為媽媽身邊都是這樣的阿姨叔叔，我從小就習慣了被帶去看排練或是在劇場裡端坐兩

小時，小時候的我真的很尊重藝術，就算看的是內容冷僻、極度催眠的學生實驗劇，五、六歲坐在劇場裡的我，既不會睡著也不會要求中途離場（事後想想帶我去的大人其實很想逃走？）。我十八歲之前認識的成年人職業不外乎是演員、舞者、導演、製作人、燈光師或吉他手，很久以後才明白，大多數人認為律師、醫師、會計師才是「正常工作」——不過現在說這些都已經太遲（驀然回首），但是我終生感謝媽媽跟長輩們帶我進入表演藝術的世界，讓我認識音樂、學跳舞。

　　如果你生命中有舞蹈，那麼大可以放心過你的人生不怕無聊（當然也會比較健康），因為無論哪種舞蹈，永遠也沒有完全學會的一天，首席芭蕾舞者登台前熱身，跟我這種貨色上的課一樣，都是從同樣一套Plie（蹲）開始。我從很小的時候就從舞蹈課上明白了「知行合一」的困難；首先在腦中理解這個動作，但是腦子跟身體是很有距離的，理論上明白身體並不一定了解，雖然不斷被老師糾正，但每次做還是每次錯，這時有的舞者會說：It's not in me yet.——這動作還沒變成我的一部分；終於，身體學會之後，練習還不能停，將腦袋的記憶轉化成舞者所說的「muscle memory」，而這份肌肉記憶，一旦停止練習，馬上就會退化，所以很多懷孕的舞者都挺著肚子繼續練習，直到看來隨時會在教室

裡臨盆為止。

用一句話來描述我的生活，那就是：「有時跳舞、有時不跳舞。」不跳舞的時候，我還經常去看別人跳舞，經常在看舞中場休息，覺得太開心了，又跑到售票處買了別場的票，當然我也因此成為折扣票的專家，朋友說我是Dance Junkie，比起對別種東西上癮──例如藥物或是酒精，可能副作用要輕微很多，況且好處太多了；我的工作幾乎是百分之百與文字緊密結合，休息時當然能不說話是最好的。

我把人生中大部分的挑戰都當成跳舞：例如考試，例如求職，例如進入會議室準備挨罵，例如場內只有四個聽眾（其中一個是我妹）也得講足兩小時的文學課，例如搬去北京、搬回紐約，在人生每個關卡，面對未知的恐懼，都像是前往芭蕾教室的半小時地鐵車程，那種知道前方有挑戰，緊張、心悸，覺得「等下一定完蛋」、「啊乾脆不要去了」的心情。緊張恐懼是正常的，想回家也是真心的，但是如果真的就這樣放棄了，這多出來的九十分鐘，我要做什麼才不會悔恨？更可怕的是蹺了一堂芭蕾課，下一堂就會更辛苦，還是你要從此永遠不跳芭蕾了呢？想想覺得不去結果更可怕，這時地鐵到站，快要來不及了，沒時間害怕了，小跑步衝進更衣室，在鋼琴師的手放上鍵盤的同時在把桿

前站好。跳舞的好處是，當你忙著跟上音樂時，就沒有時間多想有的沒的，等到滿身大汗喘氣喝水時，九十分鐘已過，那種感覺真是說不出來的好。

也在這個九月裡，我家來了一位法國舞者室友Sarah。我赴考的當天早上醒來，在餐桌上發現她留的字條：「Good Luck for your exam Nadia! Merde!!」Merde我是看得懂的，就是法語的「Shit」，當然以為她這是在加強語氣，後來聽到New York City Ballet 舞者登台前也在後台說「Merde」，才發現這是芭蕾舞界不成文的規矩，上台前預祝「Good Luck」的意思。十月，Sarah從海邊騎單車回家的路上跟車擦撞，駕駛滿懷歉意（也滿身大麻味），她的右手小指骨折、無名指脫臼，因為新作品有大量地板動作必須用手撐，不得已她只好退出排練，準備暫時回法國復健（因為法國跟台灣一樣健保便宜啊）。

雖然慣用手暫時失靈，還摔得全身瘀青，但舞者身體好、又耐操，我沒看過Sarah臉上有過痛苦的表情，也幾乎不需要別人幫忙，只有一次，她在家換繃帶，我出了一隻手幫她固定，我跟她坐在餐桌邊，用一個碗公接著滴下來的優碘藥水，討論自己知道的單手／單腳舞者：AXIS Company的Lani Dickinson出生就沒有左手，十四歲的Gabi Shull右腳截肢後帶著義肢繼續跳芭蕾，單手

的馬麗跟單腿的翟孝偉，還有許多編舞家都是在受傷之後領悟出新境界……當我們健康時跳舞，追求的不外乎是力量、平衡、自由，但病痛也是跳舞不可缺少的一部分，身體在失去力量、平衡的時候，對痛苦的理解、以及想重回自由的極度渴望，那才是舞蹈最接近人性的地方。

「雖然我只是一根小指骨折而已啦。」她說。

「唉，人真的好脆弱啊，哈哈哈。」我說。

那天晚上我到達芭蕾教室換好衣服，鋼琴師叮叮咚咚試著琴鍵時，我旁邊站著個新來的女孩，她把金髮梳成高高的髮髻，穿著黑色舞衣，舞鞋磨損得很厲害，看來不是初學者。

她問我：「這堂課會不會超難？」

我轉頭看著那個女孩，正面對視時，我才發現，這個舞者，只有一隻眼睛。

「對我來說有點難，but you'll like it。」我說。

接下來九十分鐘，我跟單眼舞者一起跳舞，她跳得比我好多了。

很久以前，我看過一個影片，那是TED網站史上點閱數史上第二高、社會心理學家 Amy Cuddy 主講的「姿勢決定你是誰」，她說，很多人一開始都是沒信心的，但是，強迫自己擺出很有自

信的樣子——可以改變我們腦內睪固酮和可體松的濃度，所以儘管氣很弱，沒關係，先假裝，直到那硬撐出來的自信變成真的。

都已經長到快四十，有時還會夢見自己站在翼幕後面看著空曠的舞台，大幕已經起了，燈光已經亮了，既然只有我站在這裡——難道現在是在等我出場嗎？可是我不知道要跳什麼啊！夢裡總是有個聲音說；音樂已經開始走了，總之你要先上，只要做出很有把握的樣子，觀眾不會發現的（真心厚臉皮！），厲害的是連作夢產生的經驗值都能算數，做這種夢快三十年，現在連驚慌的感覺都很淡了。

回到紐約以後我有更多機會欣賞舞蹈，也有更多機會跳舞，原因之一當然是因為紐約市是表演藝術的重要基地，但是更深層的理由是，我在這裡找回了生活。

我不是一個過著典型生活型態的人，而在紐約從來不會有人要求你解釋自己選擇的生活型態，跳舞有時，大部分的時間必須認真生活。

有人說，紐約人各色各樣，永遠也數不清，但是成千上萬的外地人來到紐約，期待的都是一樣的：尋找跟自己外表不同、但是心意相通的人。在舞蹈教室裡有各種年紀、體型的人，他們在教室外面過著各種不同的生活，然而每星期一、兩次，每個人在

忙碌複雜的現代生活裡找出空檔，穿越這廣大的城市，聚在一起練習，有的人就這樣持續了五年、十年，有人在這段期間生出了寶寶，在這一堂接著一堂的舞蹈課之間，我接受了紐約成為我的家。

這本散文集，有我三年間的生活點滴，對紐約的愛與怨恨、有時跳舞，有時不跳舞。我也希望這本書能為某些追求個人體驗的旅人提供一些靈感：紐約的美好與刺激，在於她海量多元的人文風景，還有一秒就能成為好友的路人們，我覺得人到紐約，沒有什麼一定要去的地方、也沒有什麼不吃會死的東西，不認識路你有谷歌地圖、怕碰到地雷可以查網路，觀光變得這麼安全，重要的是深刻感受這個城市的文化與魅力（還有幫手機充好電），然後你會發現，心情對了，去哪裡都很好玩。

成書之際，回看三年前嚴冬，初回紐約，一無所有、身心俱疲、沒有目標；三年間假裝自己知道舞步、模仿著游刃有餘的姿態，不斷反覆練習，直到現在，我覺得，我幾乎、幾乎快要學會跳舞了。

1

Harlem
Upper West Side
Central Park

[Walk]
Harlem

O! ODYSSEY 哈林區與我

寒冷的周末早上，某人在哈林區家裡複習Velvet Underground & Nico歷年金曲，Lou Reed第一句就唱進了東哈林125街地鐵站：

I'm waiting for my man

Twenty-six dollars in my hand

Up to Lexington, 125

Feeling sick and dirty, more dead than alive

I'm waiting for my man

這首歌發行的日期是一九六七年，那個地鐵站，直到現在也差不多是那樣。

我用Al Hirschfeld的一幅肖像回敬這首歌；一位盛裝打扮的女士面露不悅在路邊等待，頂著在美容院坐一下午才完成的蓬鬆髮型，等著那個男人，高跟鞋讓她的雙腳站著疼死了，男人說今晚是個大日子，可是人呢？她喃喃說道；我等得夠久了，受夠了，我真的要走了……再五分鐘。

「偶真的要走了……嗯再五分鐘。」

啊，這就是哈林，七情六慾、五顏六色，雖不完美，卻不虛假。

因為一直沒有買書架，我家裡的書就那樣一落一落堆在窗邊地上，正好曬到下午三點的太陽，某天在幫他們翻身的時候，發現原來我有這本《Hirschfeld's Harlem》，打開來一頁頁翻過去，各個活生生的哈林百姓大笑、大喝、大唱、大哭地就那樣跳出紙面。阿爾・赫希菲爾德（AL Hirschfled）是國寶級肖像畫家，二十世紀百老匯劇院、爵士黃金時代的風貌，都是他夜夜坐在劇院裡的黑暗中速寫出來留下的風貌，《紐約時報》說沒人比他看過更多的戲，我說沒有比他更愛人類的藝術家，音樂家的盛裝風情，街頭人物的小奸小惡，在他眼中一樣可愛。畫家活足了九十九年，其中約有八十年住在哈林區，這本書在他過世同年二〇〇三年底出版，一頁頁翻過去，有如一世紀長寫給哈林區的情書。

　　在序言（事後看來也算是遺言）裡，他提到當年（一九三〇年代）他喜歡在大街上逛，有天一個警察很驚訝地叫住他：「你不知道走在街上不安全嗎？」

　　甫到紐約入學第一周，我就過馬路跑去哈林的99分錢雜貨店買杯子，當時學校的前輩已經住校好多年了，一次也沒去過一街之隔的哈林區，他們問我：「你怎麼敢去？」那是二〇〇一年，阿爾・赫希菲爾德老公公將滿百歲。

　　前輩的恐懼是有原因的，儘管哥大校總區Morningside Heights

跟哈林區不僅彼此緊鄰，二十世紀初的黑人文藝復興運動的萌芽也跟哥大緊緊相連，亞裔或白人學生走在哈林大街依然是很醒目，在任何地方，長相不同的人容易被欺負，這是人類社會的鐵則。對我來說，白天人來人往，其實並不危險，頂多被看兩眼，就算沒有同學願意同行，我依舊三不五時在白天的125大街上閒逛，那條哈林區最繁忙的幹道，每次去都覺得目眩神迷；道路兩邊有電影院、商場、遠近馳名的阿波羅劇院、Nike旗艦店（是限量版球鞋發售重點名店）、家具雜貨大賣場……路面車流不斷，人行道上沒有人閒著，每個人走路都像跳舞，每個人說話都像唱

歌；線香攤的大哥渾身散發濃郁薰香，滿頭麻繩般的捲髮似乎掛著蜘蛛網，地攤上排列的毯子編織著牙買加、剛果的國旗，還有人賣的是自製音樂光碟（雷鬼精選輯），路上行人相見，無不熱情招呼，擊掌拍肩，穿著鮮豔黃色、桃紅、粉藍褲裝的女士在路邊發小卡，原來是美容院編髮廣告。「我這種頭髮也能編嗎？」我問。

「可以的，可以的。」那個女士看著我的直髮點頭。

那條街上的旺盛精力，可以追溯回到哈林文藝復興時期，年輕帥氣的哥大學生Langston Hughes以一首描述哈林區爵士鋼琴手的詩得到文學首獎，以他為代表，這一代自我認同本位的創作，鼓舞了美國黑人，他們穿著代表自己族裔的服裝，爭取平權，以族群意識為榮。然而每到黃昏時分，族群意識彷彿會下班，路人紛紛快步打道回府。當夜幕低垂，霓虹燈亮起，就像戲換幕一樣，平凡生活暫時休息。

二〇〇三年前後的哈林區，並沒有安全到適合女子夜間獨行，學校邊上的Morningside Park時有凶案發生、中央公園北面蔥鬱的森林像是要把人吞沒一樣，除了搭錯車，幾乎沒人想離開校園（當時連校園裡都會發生搶劫），然而深不見底的哈林區住著無數平凡百姓，有與二十隻貓同住的老太太，也有在冷氣房裡養

了一百隻金絲雀的老先生，為什麼我知道這些事呢，因為老人家都想出租房間給學生賺外快——看房之後，就明白為何租金那麼便宜了。

有那麼一次，我真的半夜去了哈林；那是我第一次、也是最後一次造訪傳說中的爵士神仙寶地St. Nick's Pub。

出了135街地鐵站，街上一片漆黑，跟著帶路的人往前走，只知道音樂聲越來越大，走進那扇樸素的門，在搖搖晃晃的桌前坐下，負責外燴的婦女是在自家廚房做好菜帶過來的。台上這時有兩、三個人，我心想這演奏水準不得了，誰知道這只是熱身（而且也還沒喝醉）。觀眾與表演者就那樣閒散地喝喝聊聊唱唱，直到午夜，開始不斷有大叔從外面走進來，把外套脫下一扔、樂器一拿，霸氣地往台上一坐，隨心所欲地從任何樂曲的中間加入，當然我身邊的西班牙語系觀眾團也不是省油的燈，他們從十一點開始就掏心掏肺地在聊天，四小時候依然沒有疲累的跡象，在那個夜晚的哈林，台上暢談、台下也暢談，彷彿黑暗中所有的光都聚集到了這個小酒吧裡，那是二〇〇三年的某個晚上，那個時候的我，並不知道，下一次再回到哈林，已是十四年後。

二〇一七年底，因為某種巧合，開始經常往返哈林區跟布魯克林，也終於成熟到懂得爵士樂的好，然而曾經一百多間娛樂場

所同時營業的盛況已成往事，直到今年夏初Lenox Lounge（《美國黑幫》裡面丹佐華盛頓角色經營的夜總會原型）關閉拆除為止，哈林區的老派爵士酒吧不是歇業，就是投胎轉世。有人說，搖滾是四個和弦彈給幾千人聽，爵士樂是幾千個和弦彈給四個人聽，爵士是時間成本偏高的才藝、不合時宜的嗜好，不過聽搖滾樂能吃得下飯嗎？吃飯要打卡的時代，到哈林區吃Soul food聽爵士才叫時髦。

　　經歷了治安敗壞的五十年滄桑，哈林區成為餐飲新地標；穿漂亮衣服上班的單身女孩，哪個手機裡沒有存上幾個Brunch名地點呢？──「棉花田俱樂部」（Cotton Club）以前是聚集一線爵士樂手表演、「限白人入場」的夜總會，現在不但對全人類開放，而且早上就開門，歡迎全家光臨，並有素食選項。除了周末來哈林區吃早午餐，別忘了這裡是紐約教堂密度最高的地區，總數有四百間，許多為國定古蹟，吃飽喝足之後，漫步在以黑人領袖命名（以及在這附近被暗殺）的Malcolm X Boulevard（不過大家還是叫它舊名Lenox Avenue），可以選擇往南去到中央公園最北端的艾靈頓公爵廣場、或者走過紅磚屋古蹟街區「Striver's Row」，如果對爵士樂的歷史感興趣，鄰近的國立爵士博物館採自由樂捐入場制，每周還提供許多表演活動，包括「爵士瑜珈」──搭配

著現場鋼琴伴奏的動瑜珈（Vinyasa）——公爵要是還活著，應該會很感興趣。

但容我插個嘴：爵士要晚上聽才對。夜裡走在大道上，路口一角是新開的有機超市Whole Foods，另一角則有人發狂裸奔，大道上正宗哈林味道的Sylvia餐廳已經擴張到兩間店鋪，明星主廚Marcus Samuelsson主持的Red Rooster餐廳Google評價高達4.2，兩條街外，日本料理店Yuzu師傅手藝好到不行，這都還不算什麼，129街角一間用竹簾遮蔽的壽司店裡，東京淺草派的壽司師傅井上先生在此坐鎮，Shushi Inoue今年剛獲頒米其林一星。

哈林區壁畫多，塗鴉也多，但壁畫——總是傳達著重要訊息——基本上不會被塗鴉覆蓋。128街角洗衣店外阿嬤每天坐在

街角一面嚴厲地審查路人，一面守著紀念過世老伴的壁畫，直到今年，她也做了神仙，臉也出現在牆上，然而她的空椅子一直留在原位，沒人敢動。夜裡的哈林，每個路口都有清空待拆的商店飯店，地產商按兵不動互相猜忌，在這暴風雨前的寧靜中，壁畫一大片一大片連夜出現在牆上，畫古聖先賢、畫熱情的戀人、畫奮發向上、畫神愛世人，貧窮的生活並不是黑白的，努力活著的日夜充滿鮮豔的顏色與強烈的感情。當早晨來臨，陽光打在那些壁畫上，也照亮了123街高樓外牆上的巨幅看板；Odyssey Houses（奧德賽之家），那是紐約市公立戒毒康復中心的地點。

荷馬史詩《奧德賽》講的是一個男人在回家途中激怒了海神，使他經歷千辛萬苦，承受各種試煉，怎麼也找不到回家的路，在大海裡漂流。在寒冷的街角躺著的受苦靈魂，能不能順利找到回家的路呢？《奧德賽》的結局已經失傳，到最後，奧德修斯到底回家了沒有，誰也不知道，但是在哈林、在找不到回家的路時，至少我還聽見，音樂在風中飄盪。

[B-side]

Upper West Side

上西區的神經病與鬼魂

紐約古蹟多，先民多，加上紐約為背景的犯罪電影不斷搧風點火，人們對鬧鬼與謀殺的街頭故事樂此不疲，以致網上有許多主題荒謬的本地套裝行程：「西村謀殺熱點行旅」、「華爾街死人里（Boroughs of the Dead）半日遊」，參加者只需要周日早上到某個街口集合，繳交幾塊錢費用，就會有一名慈祥導遊帶著一本（塑膠資料夾裝著的）照片集，領著你在街道間穿梭，介紹各處鬧鬼的地點，沒落的豪門住宅、墳場、名人自殺的公寓、名人被殺的公寓──無論是哪種景點，現在不是Zara就是H&M，而且總在白天，從來也沒見到半個鬼，想要求退款。

　　儘管抱怨白天沒見到鬼，深秋的萬聖節夜晚，我才明白我其實一點也不想見到鬼。為了保險起見，我用簽字筆在手臂上抄滿心經，當成我臨時抱佛腳（還真的是沾了佛光）的萬聖節裝，出門搭地鐵。在車廂裡，各種奇裝異服之人在我身邊或站或坐，我心想：「這些是他們的萬聖節裝扮，還是他們平常就這樣穿呢？到底他們是今天扮成鬼的人類，還是他們平常就是鬼呢？」我實在是看不出來，我們太習慣被妖魔外表的人類包圍，也多少知道有些傢伙看起來人模人樣，其實根本是鬼魂。

　　曼哈頓59街是中央公園的南界，也是上城的起點，拍了好多集的紐約鬼片《捉鬼大隊》（The Ghostbusters）總部Spook Central就

在上城西邊（上西區）中央公園西大道五十五號（55 Central Park West）。因為幾間大學研究所都在上西區，在此出沒的教授、學生、各種知識分子、書呆子、影癡、藝評特別多，整個區域散發著濃重的書卷氣——意思是：這裡的人話超多。

可能是受到伍迪艾倫經典作品的影響，每當我走過Beacon Theater或Symphony Space，總覺得街口有個戴眼鏡的男人，拚命對著他暗戀的女人講著莫名其妙的話：兩性關係、邏輯論述、藝術無用或是紐約人有多可惡（但他自己還不是），上西區的老男人如此，上西區的鬼魂當然也是滿腹經書、話多到不行，我想像自己碰到絮絮叨叨囉嗦的鬼魂那可糟了，當他講到你受不了，大罵叫他去死吧，這時鬼會滿面憂傷地回你：「可是我已經死了……」但如果讓我在Edgar Café 碰到愛倫坡本人，那請他老人家愛講多少就講多少。

既然是知識分子鬼魂聚集處，那麼他們應該都住在圖書館裡了。哥倫比亞大學歷史比美國建國時間還長，老學校內圖書館幾十處，總藏書量超過一千一百萬冊，全美國排第八，其中最老也是最有名的一景就是Morningside 主校區的Low Memorial Library，每次新聞提及哥大就會出現女神雕像的畫面，她的背後就是這間一百二十歲的新古典風格建築，當年的設計者採用了許多羅馬萬

神廟的元素，內部中央的大閱覽室跟萬神殿一樣是圓形的，每一根高聳入雲般的柱子上都雕有一名希臘神祇，讓學生在希臘眾神的凝視下勤奮精進。而Low Library前面的大階梯區，被現在的學生暱稱為Morningside Beach，只要天氣晴朗，這一片廣大階梯就像海灘一樣擠滿了或坐或躺、互相偷看的學生，有人席地而坐看書打字，或是像西方聖哲那樣斜倚著石階談論存在問題。有時，當攝影機出現在沙灘邊上，自動成為群眾演員的學生們會精神為之一振，無不輕描淡寫地擺出自己最美的一面，無論拍的片是蜘蛛人或是看完就忘記片名的超小型獨立製片。

哥大學費昂貴、校內餐飲難吃，缺點很多，但有一個不得了的校友福利：校內圖書館的終身閱覽權，據說在漫長的二百六十一年歷史中，有些校友沒搞清楚「終身」的定義，以致於他們歸西之後，還會在圖書館內徘徊，圖書館乘載著歷史，而且還是經過淬煉、篩選、沉澱的人類思想，在哥大圖書館流連不去的鬼，一定是因為放不下那些還沒解決的習題吧。每到了期末考季，校內圖書館延長開放時間到深夜三點，也許某些絕望的學生在深夜的圖書館裡會與諾貝爾獎得主的鬼魂不期而遇，從此學業一帆風順（怎麼可能）。

如果哥大總圖書館裡人氣太旺，不夠陰森，那華盛頓高地的

大都會美術館分館Cloisters應該夠陰森了，這個專展中世紀文物的哥德式寺院裡，一磚一瓦都是從南法莊園運來重組的，在天黑的特早的冬天，一過下午四點太陽偏西，迴廊四周的拱門石柱便在館內罩上黑紗，在黑影中，每根石柱肩膀上的浮雕就越顯生動，有的露出詭異微笑的神獸、有的是一團扭曲的人體名曰「被詛咒靈魂的行進」（La marche des âmes damnées），這時美術館人員會告訴你「我們馬上就要閉館了」，要不就得加入那些被困住的靈魂了，還不快點逃。

既不想被囉嗦鬼纏住，也不想與孤魂野鬼共處一室，但上西區有一名鬼魂，應該是全世界最多人想見到的──那就是約翰‧藍儂，他在一九八〇年十二月八日被瘋狂歌迷謀殺，地點就在他居住的Dakota公寓門前。

　　Dakota 是紐約第一棟豪宅式公寓大樓，一八八〇年始建，由勝家縫紉機創辦人之一Edward Clark出資，是上西區第一棟豪宅，眺望著貧窮荒涼的中央公園，Edward Clark很著迷中西部新開發屬地，於是把大樓命名為Dakota（現在的南／北達科他州）。那一年，自由女神像還沒出現，內戰後的紐約成為歐洲移民飄洋過海上岸的第一站，老闆發明腳踩式縫紉機徹底改變了人類生活，在短短二十五年內賣出兩百萬台，曼哈頓島尾端金融區的摩天大樓，正在一根一根長出來，其中勝家縫紉機公司總部大樓曾經當過一年（一九〇八年）世界最高樓；一八八四年，勝家在費城電器展上，發表了世界第一台家用電動縫紉機，另一邊在紐約，Dakota落成，大型樓房兩面通風、中庭採光、家戶內附食品升降機跟中央空調，是迎接二十世紀摩登生活的先驅，奠定紐約奢豪樓房的標準；馬車能過的高聳拱門、鋪著地毯的無窗深長走廊、厚重的門與牆、高聳的天花板、掉一根針都能起回音的空曠客廳、總是覺得有人躲在陰影中偷聽的角落……直到今日，Dakota

的住戶，有些人家道中落，有些是正當紅的新貴，採用紐約常見的Co-op體系，入住資格得由住戶全體同意通過，曾被拒絕的名單包括音樂教父Billy Joel跟安東尼奧‧班德拉斯夫婦──身為明星也有吃癟的時候啊。

不過先回到當年，一八九九年，離Dakota不遠處建起了Ansonia──紐約第一棟酒店式公寓，比Dakota更大、更豪華，更加戲劇化；全壘打王貝比‧魯斯、諾貝爾獎得主以撒‧辛格，以及作曲家史特拉汶斯基住過的地方，還能不戲劇化嗎？Ansonia內部公寓各配有餐廳、圖書室、宴會廳，但是沒有廚房──奢華的人是不會自己煮飯的，每層樓的中央廚房會提供餐飲服務，除此之外，落成當時樓內還附土耳其浴室，大廳噴水池養著活海豹。主催者是金屬業與地產大亨William Earle Dodge Stokes，大亨有一個烏托邦式的美夢，希望這棟巨無霸豪宅可以自給自足──就是可以完全不需跟外面的凡人打交道，所以Ansonia還有一個屋頂農場；養了五百隻雞、很多隻鴨子、六隻山羊跟一隻小熊，每天早上，會有新鮮雞蛋從屋頂直送住戶樓層。

生活太閒、房子太大，讓神經衰弱成為二十世紀富豪家居的標配，有錢人聚居在一起，當然精神會越來越不正常，波蘭斯基早年的驚悚片《失嬰記》就以Dakota為場景，故事裡，Dakota裡面

的老住戶都是穿著華服的怪物，而Ansonia則是美女被謀殺案之電影場景熱門地點，即使如此，也阻止不了歷代女星、芭蕾舞者、藝術家名媛爭相入住，不過有名音樂家喜歡住在這樣的樓房裡有別的原因；因為豪宅的牆質料特別實在，隔音效果好，隨時練習也不會吵到鄰居——有許多歌劇聲樂家住在這裡。

高樓裡住戶或坐在家裡崩潰，或者在家裡練唱，但聚集在高樓腳邊的窮人們來說，空虛寂寞冷這些根本都不是問題，窮人忙著實現美國夢，一邊工作一邊唱歌跳舞兼鬥嘴。在一九四〇年代，Ansonia以西一公里內的San Jaun Hill，被市政府都市發展局稱為「紐約市最大的貧民窟」，大量來自加勒比海諸國的移民群居在此，婦女把衣服晾在防火梯上，孩童在垃圾集中箱間追逐，大都會貧民窟必定會發展出兩種特產；幫派與音樂。傳奇爵士鋼琴家賽隆尼斯‧孟克（Thelonious Monk）與著名Bebop打擊樂手Denzil Best在此充滿Bemsha Swing節奏感的地方長大，破紀錄贏得十一項奧斯卡的音樂劇電影《西城故事》描述這個地區的幫派鬥爭與傑出的歌舞表現，被國會圖書館列為重要文化財。《西城故事》的拍攝方式也具有畫時代意義，一反當時普遍的攝影棚拍攝，電影大部分San Juan Hill實景拍攝——因為當時這個地區的住戶剛好都被清走了準備都更，那些等著拆除的成排無人建築還有些許殘留

的生活氣息，如今留在底片上成為回憶，而整區經過數十年大規模建設，成為今日的林肯中心廣場。

代表二十世紀的藝術形式——電影抓住空檔，在時間的夾縫裡留下了當時的景象，《西城故事》裡男女鬥嘴的名曲〈America〉如今聽來依舊有點心痛；

（女孩唱）有天我會有自己的洗衣機
（男孩回唱）但到時你還剩甚麼可洗

然而都更清場，居民換血，這都不是現在才有的事，San Juan Hill變成了林肯中心廣場，周邊建起新住宅，搬來新居民，林肯中心聚集了十幾個不同規模的表演廳，從爵士古典、到芭蕾歌劇一應俱全。聖誕假期期間，普通家庭可以用一人份25美金的價錢帶孩子看歌劇，雖然是在劇院的最頂層，能看到大約毛豆尺寸的韓森與葛麗泰，或是柑橘大小的糖梅仙子，但是小朋友真的好高興啊——比起住在Ansonia，對紐約市民來說，有林肯中心，才是真正的奢華。

[Tour]
Central Park

約會要逛中央公園

逛中央公園要有計畫，沒有計畫就走進去，就像沒看劇本就走進電影裡，沒人說沒有劇本就不能拍出好電影，誰都想要有藝術片般的約會，但是你會想要王家衛式的戀愛結局嗎？

中央公園是適合約會的地方，每個季節的人行步道、馬車、湖泊，都在陪襯著你的戀愛故事，然而中央公園也包含了跟蹤、談判、撕破臉以及殺人滅口的熱門地點，孩童笑語不斷的遊樂場周邊充滿溫情、公園裡三十六座橋上每座都是親吻的好場景、不過橋下的拱門同時也是黑市交易的好去處，越接近富豪區的東南角草坪上嫉妒女人密度高，越往公園北邊森林湖泊愈加濃密，夏夜在大草坪上感受醉人樂音，冬季在摩天大樓圍觀下滑冰，無論你希望把約會演成哪一種電影，這個公園裡應該都有。戀愛中難免有起有伏，以下整理幾個知名場景，讓大家在逛中央公園時趨吉避凶。

The Ravine 中央公園溪谷

位於北森林（North Woods）的中央，喜歡幽靜自然的情侶，在這裡可以盡情享受兩人世界，聽著潺潺溪水互訴衷曲，但記得要在天黑前一小時開始往外走，天黑後照明不足很容易鬼打牆。

Great Hill Central Park

同上，喜歡健行、不喜人潮的人，請往公園北漫步移動，從西面103街邊能看見懸崖峭壁，那是中央公園最陡的山壁，頂端是能俯瞰公園全景的制高點，雖然會有點喘，但距離並不遠，半小時能到頂。

The Mall 文學走道

最常出現在電影裡的談話地點，搭訕、表白、求婚、談判全包的一條四百公尺長寬闊步道，是中央公園裡唯一的直線，愛好美國文學的情侶可以在此看到許多作家的紀念雕像——雖然不知為何哥倫布也在這裡。

Bethesda Terrace 貝瑟達庭園

在The Mall的盡頭，這裡被認為是公園的正中心，有噴泉以及上下兩層露台，露台的建材是芥末黃與橄欖綠的砂岩，經過下層通道別忘抬頭看Minton磁磚貼成的華麗天花板。由於露台二樓可以眺望廣場，適合從事任何羅密歐與茱麗葉式的上下兩層樓情話綿綿。

The Reservoir 大水庫

佔了快四分之一個公園的大水庫，正式名稱是賈桂琳‧甘迺迪‧歐納西斯水庫，沿著周圍的步道慢跑一圈為2.5公里，適合運動掛的情侶慢跑約會。

Chess & Checkers House Visitor Center 西洋棋顧客服務中心

公園內五個服務中心之一，這裡的室外石桌上畫著棋盤，可以向櫃台借西洋棋來坐在綠蔭中對弈，如果山窮水盡找不到話題，一起來下棋也是一個破冰好計──而且這裡有廁所。

Gapstow Bridge

三十六座橋裡面最有名的橋,因為它離人潮聚集的東南出入口最近,也因為它是代表中央公園橋樑的基本款石橋,如果時間有限,從門口走到這座橋只要十分鐘。

Great Lawn 大草坪

適合懶散情侶,帶條野餐巾,或者一個塑膠袋,就那樣躺下看著曼哈頓高樓豪宅,幻想著兩人的未來,直到睡著。

Wollman Ice Skating Rink 中央公園溜冰場

經典的中央公園溜冰場面就在此,一起溜冰是檢視人格的好機會,如果一個情人在快摔跤時會拉住旁邊的人,那你可要好好考慮了。

Shakespeare Garden

這是你可以跟對方說;「這是我的私藏景點」的那種好地方,小花園像是自家打理的,整齊但不拘束,有點可愛也有點野,但你不能毫無準備地就來,至少要先惡補一下莎翁精選,因為這個花園裡種,全都是莎翁作品中提及過的花草植物。

Apple The Fifth Avenue 第五大道蘋果旗艦店

在公園東南角的大軍隊廣場口，這間店的入口是一個兩層樓高的玻璃立方體，在夜間像一盞懸浮在繁華都會中央的魔術方塊，全紐約的蘋果店就屬這間最過分，竟然二十四小時營業，當你急著換筆電鍵盤預約到半夜兩點，可能會遇見深夜節目的班底明星拿手機去維修，當然，也可能就這樣遇見未來的另一半。

2

Metropolitan Opera
Theater District
Hell's Kitchen

Metropolitan Opera

歌劇院裡的腦洞：哲學與預算

我坐在大都會歌劇院一樓Orchestra席，心裡知道這個位置的票一張要一百四十美金，今晚上演的劇目叫做《來自遠方的愛》（*L'Amour de Loin*），一名划著輕舟的吟遊詩人在數十條LED燈組成的地中海之間，來回傳話，一邊是王子（是一名很壯碩的男中音）、一邊是女伯爵，雙方都拚命想像、不斷美化對方，又患得患失，這部戲在西元兩千年首演時，被說是對保守國家主義的反思，但在我看來，這根本就是當代最重要的議題之一：網路遠距離戀愛啊。

　　歌劇以法語演唱，我面前的小螢幕提供四種語言的字幕，我選擇了英語，但這樣一來，當我看著台上時，視線就掃不到面前的螢幕，稍微有點困擾，但想想這故事簡單緩慢至此，其實也漏不掉什麼劇情的，幸好從小就懂得自開腦洞，靠著這項才藝，我長大成為一個在劇院裡很能撐的觀眾。

　　我這個歌劇外行既不懂作曲好壞、也不懂唱腔優劣，面對一個空虛的舞台與單薄的故事，我只好想著，曾經有一個晚上，巴賽爾大學一名前途大好的年輕哲學教授，前往德國拜羅伊特（Bayreuth）歌劇節欣賞華格納歌劇《尼伯龍根的指環》的首演，那不但是華格納耗費二十六年、賭上一世英名的作品，也是國王為華格納建造的歌劇院啟用之夜，吸引了不只是歌劇愛好者，還

有大量的報紙記者跟各界高尚的知識菁英。年輕的哲學教授曾經沉迷歌劇、仰慕華格納、還熱情推廣拜羅伊特歌劇節，但在那個眾星拱月的文壇盛會上，他說他看見了「醜惡、怪誕、像是被最強烈的胡椒給嗆了」，被苦澀的失望纏身，年輕哲學教授中途離場。那名教授名叫尼采，那是一八七六年八月，從此以後，尼采對華格納的憎惡有增無減，他甚至氣到寫了一本書《華格納事件》（*The Case of Wagner*），如果這書名還不夠有針對性，那就再加上副標「一個音樂家的問題」，那年是一八八八年，隔年尼采就瘋了。

看戲人並不是天天都能拿尼采當藉口，但今晚剛好可以，華格納的問題之一可能是他想表達的太多，而今晚我面對的則是華格納的反面：空洞。

中場休息，燈沒亮就有人往外跑。

如果你都進到歌劇院了，中場休息二十分鐘還坐在位置上滑手機，那簡直是錯過了歌劇院最精華的戲碼了。中場休息時，大廳中庭的水晶燈從五樓一路垂吊而下，照耀在這寒冷冬夜精心擠進華服，露出肩背的婦女們，她們用力過度的愉快神情，透露出一種贍養費的光暈，而我的直覺果然正確。

「等會，別讓那個女人看到我。」跟我同行的M說。「那個

穿紅色的是我朋友的前妻。」

「朋友的前妻又不是你的前妻，怕什麼。」我說。

「但是她真的很煩，很做作，關心的只有錢，我不知道我朋友幹嘛要跟她結婚。」

我看著那位太太，她看上去四十多歲，紅色的捲髮中間插了兩朵小紅花，穿著有皺褶的細肩帶紅色緊身短洋裝，在這種天氣裡，比起身邊穿著天鵝絨的仕女們，好像太過單薄。

在歌劇院酒廊喝一杯葡萄酒要二十美金，是外面的兩倍價錢，有人請客則感覺沒有差別，M說若是他一個人來肯定中途就回去了，我心想，尼采應該也是自己一個人去看歌劇的吧。

「所以下半場怎麼辦呢，還能撐下去嗎？」我問。「我可以。」

他說他也可以。

這時靠近我的四名穿晚禮服的女性拜託我幫她們合照，我等她們站好，四人中有的皮膚光滑緊實，有的則完全選錯了禮服的顏色，但她們都陶醉在戲劇化的光線與氛圍中，歌劇院的戲不只在台上進行，包廂、大廳、階梯、酒廊、甚至廁所裡，都是舞台。我可以嫌棄歌劇故事太單調，但絕對不能責怪歌劇院浮誇，因為鋪張本來就是歌劇的本性，「魅力、刺激、魔幻」，大都會

歌劇院的文本這樣寫著。

　　我原本是與歌劇無緣的人，既沒機會看，也沒興趣。在台北長大，幾乎甚麼戲劇舞蹈都能看到，唯獨歌劇很少，即便住到紐約，林肯中心有三棟建築，最豪華氣派的就是正中央的大都會歌劇院，每季上演不同的作品，我依舊只是個過路人。阻擋在我與歌劇之間的一道高牆就是票價，歌劇的預算規模龐大，維運歌劇院的成本也比其他劇場昂貴，我在City Center花35美元能坐到舞台角落的位置，在歌劇院呢？上網查了一下，看來這齣全新製作比古典作品《阿伊達》還花錢，想跟一樓沾上邊，最少得花上85美元，那麼最高貴的票價在哪呢？第一排正中央的票價是315美元，但這還只是第二昂貴的，最貴的二樓正對舞台的包廂，一張票460美元，每個場次的五樓便宜票25元左右都還剩很多，但是最貴的票是絕不會剩下的，這就是歌劇，或者說，這就是奢華，這個晚上，有人會選擇吃掉一塊460美元的牛排，也有人會選擇買一張460美元的歌劇門票。從十六世紀末在梅蒂奇豪門盛世的義大利萌芽以來，歌劇就是在婚禮上拿來炫富的娛樂。坐在二樓包廂的華服貴族們，生活百無聊賴，坐在包廂裡互相眉來眼去，不但看戲，也享受被看，然而真正把金權掌握在手中的，是那位按時進歌劇院包廂打瞌睡的老夫人。

中場休息時並沒降幕，那幾千盞LED燈組成的海，流洩著蓋滿舞台，在全黑背景中更加閃亮，海中央豎立一具現代感十足的天秤式爬梯，看樣子這五幕劇是打算一景到底了。

耳邊很多人說，這個舞台看起來很貴，用LED燈幾千盞聽起來很酷，但真的比較貴嗎？

這齣兩小時多的五幕劇只用了一個數位化場景、一具很像從JFK機場借來的爬梯，加上小船與船槳，三個主角，服裝毫無特效，連拿出來幫男主角蓋的被子都有點不夠長，合唱組出現時間不到五分之一，看起來都是很省錢的安排。除了舞台設計公司Ex Machina（Robert Lepage的公司）、服裝、聲光的製作費，在這齣新製歌劇上，還要支付作曲家Kaija Saariaho女士的酬勞。值得一提的是，這次作品由女作曲家搭配女指揮家，大都會歌劇歷史一百三十六年，總共只演過兩位女性作曲家的作品，上一次則是一百一十三年前。

藝術家收多少費用是藝術界永遠的謎，我唯一確定的是：大都會歌劇確實有省錢的計畫。

二〇一一～二〇一二年間，大都會歌劇院搬演的是（把尼采氣到中途離場的）《尼伯龍根的指環》，當年在紐約製作這個舞台的也是Ex Machina，這齣戲很有華格納風範──特色是很花錢，

光是演完一輪全長就要花兩天，二〇一二會計年度裡，大都會歌劇院的收益共約兩億三千六百萬（美金，真的），但是支出卻是三億一千七百萬，有八千一百萬的赤字！同一年度，隔壁棟的紐約愛樂收益是一億九千六百萬、支出是六千八百萬，同樣是歌劇院的舊金山歌劇，收益是一億五千萬、支出是七千萬，管理階層與董事會都表示：我們該省錢了。

一百多年前的大都會歌劇也說過要省錢；在一九八三年出版的《大都會歌劇院一百年》這本手冊中，第一頁便這樣說：「因為第一季上演義大利歌劇賠了好多錢，所以接下來七季都搬演德國歌劇……」原來歌劇院赤字已是悠久的傳統，而為了省錢而演出的德國歌劇第一發是哪齣呢，呃，是《尼伯龍根的指環》中第二部《女武神》（*Die Walküre*）——為什麼今晚腦洞一開，處處鬼打牆都會碰到華格納的指環呢？演出《女武神》的地點，是一八八三年啟用的舊歌劇院，在時代廣場旁，那時當然沒有LED燈，舞台布景一切靠手工，演出也是人力密集，後台不但充滿齒輪機械、換場得靠人手動操作，演出時甚至有專人躺在桌下不斷對著鍋爐吹氣。

一九六六年歌劇院搬到林肯中心，那一年演出的是史特勞斯的《沒有影子的女人》（*Die Frau ohne Schatten*），故事設定在神

祕未知的南方島嶼上，主角是半人半神的女王，必須在許多幻想場景之間變換，對舞台設計是巨大的挑戰。當然一切背景還是手工畫的，歌劇院五樓的塗料室沒有大到可以讓舞台布景平鋪，所以得分成四塊拼起來；舞台上的布景是真的雕塑，換場景得靠好幾個人推動，排練時導演跟工作人員都在上面跳來跳去，想到這裡，我眼前的燈海閃耀著七彩光芒，五十年前的舞台人員絞盡腦汁用摸得到的東西建構幻想場景，而五十年後同一個舞台，設計師輕巧地用光影仿造海洋。

散場後，我跟著一襲金光閃閃、足以藏進一隻袋鼠的裙襬進了女洗手間，這是近來我唯一進女廁沒見到長龍的一次劇場經驗，我挑了一間空的廁所關上門，發現左手邊的金屬衛生紙座上竟然內嵌一體成形的菸灰缸，曾經有閒階級女士人手一菸，那是香菸跟衛生紙一樣重要的時代，現在劇院已經全面禁菸，但這舊時代的金屬化石卻沒有那麼容易消失，並不像LED燈一樣可以說關就關。

我忍不住拍了一張照片傳給戒不了菸的編舞家，他說他想要來一枚這個。

「好啦，下次我若有幸再來歌劇院，我就帶一隻『羅賴把』進來，拆一座這個給你。」

尼采對自溺於殿堂的華格納深刻失望，卻又在比才身上找到了希望。在《華格納事件》一開頭，他說自己聽了第二十遍比才的《卡門》，每一次聽都覺得自己變成了更好的哲學家，就算只是發瘋前的那幾年短短的時光，比才讓尼采知道自己還能喜歡歌劇，知道歌劇還能傳遞真摯感情，但是比才首演卻不受歡迎，比才因此憂鬱病逝，在他出殯的那天，《卡門》卻重新上演，一炮而紅——看到這裡，覺得歌劇界真的好激烈，不是普通人可以承受的世界。

那天晚上回家後，我便夢見了自己到歌劇院偷拆菸灰缸紙座，有些人偷仙桃、有些人偷火種，而我則是到歌劇院偷菸灰缸，大概這就是屬於我的風雅。

第二天，報紙藝文版對此劇一片好評，票房還不錯，希望歌劇院今年不要再赤字了。

[B-side]
Theater District

男舞者教我的事

舞蹈教室是一個女多男少的世界，然而舞團總監卻經常都是男的。

先不管舞蹈總監界的性別比例，在紐約的芭蕾世界裡，有一個男人的名字是鑽石級閃耀、無法動搖的，那就是喬治‧巴蘭欽（1904-1983）。

巴蘭欽出生在聖彼得堡藝術世家，是他的父親是聲樂家兼作曲家，當過喬治亞（當時是沙皇屬國，後來獨立一下又加入了蘇聯）的文化部長，家族成員不是軍人，就是藝術家——蘇聯的藝術家也是軍人。大師一生到底編過多少支作品呢？粗略估計約在四百部左右，可能有些人不服氣，但這個俄國人確實重新定義了美國芭蕾，他創辦美國芭蕾學校（American Ballet School）、長期培訓舞者，開創出一套適合美國舞者、充滿力量與速度的「巴蘭欽技巧」。

巴蘭欽生在今天的話一定會變網紅，因為他不但是花美男，而且名言很多：例如「舞者是花，花本來就美，而不是因為花有甚麼了不起的故事要表達」；他還說「舞者只是樂器，應該把編舞家的音樂給演奏出來」，他引用喬治亞詩人馬雅可夫斯基的話自稱「我不是人，只是一朵穿褲子的雲。」說明了他有多自戀。他以軍人般的鐵血紀律要求自我，也嚴格要求他的舞者；「你是

在對自己客氣甚麼？你幹嘛退縮？你現在保留實力——下次用？沒有下次了，只有現在，現、在。」他連自己的貓都抓來訓練，他的貓Mourka出過自傳，能正確的做出大跳跟擊腿。

穿褲子的雲還致力於跟美麗舞者結婚，而且必須是最優秀的舞者，他一生結婚五次（其中一次無法律效力），每一任妻子都是舞台上的超級巨星，他最後一任妻子是女神級的芭蕾舞者Tanaquil Le Clercq（暱稱泰妮），一九五六年，小兒麻痺疫苗才剛發明兩年，沒有接種過疫苗的泰妮，在北歐巡演的途中發病，隨即被送進當時的治療器材「鐵肺」這種很像太空艙、沉重冰冷的密閉金屬體，以幫浦抽吸空氣，幫助肌肉萎縮的病人被動呼吸。當時泰妮二十七歲，她人生最後一場表演跳的是《天鵝湖》。在小兒麻痺還會致死的年代，她保住了性命，但進食等生活起居都需要護士幫忙，她漸漸接受了事實：她不但不能跳舞，連走路都不可能了。

這場疾病據說讓巴蘭欽的心又回到妻子身邊，他也因此開始思考新的舞蹈方法，並認識了彼拉提斯先生（Pilates瑜珈發明人）本人，編出了《Agon》這支雙人舞，其中女舞者本身並不動作，由男舞者把她的身體「擺成」不同的姿勢與位置，被認為是巴蘭欽面對肌肉萎縮的妻子想做的嘗試，雖然過程非常艱難，但泰妮

後來成為一名坐輪椅的舞蹈老師，她用手跟上半身教舞。巴蘭欽在照顧妻子九年之後，為了另一位美麗舞者Suzanne Farrell而提出離婚。

每年到了十一月初，日光節約時間一結束，一夕之間紐約的白天就短得令人沮喪，宣告漫長的冬天要開始了，全市開始掛燈結彩、室內的暖氣、櫥窗上的霧氣、低沉溫柔的爵士樂，都在努力溫暖路人的心。為了準備過年，美國各地芭蕾舞團也開始把《胡桃鉗》拿出來排練，巴蘭欽版的胡桃鉗，為美國人開創了一種全新的節慶文化，從一九五五年推出新版以來每年都上演。

二〇一五年的《胡桃鉗》照常有好多小朋友觀眾，節目單的第一頁是寫給小觀眾的觀賞須知，除了戲院禮節之外，還教他們如何欣賞舞蹈：記下自己喜歡的服裝、喜歡的角色，或者看看交響樂團裡面你最喜歡的樂器。節目進入下半場，巧克力仙子、茶仙子、咖啡仙子一一出場，坐我旁邊的小女孩躍躍欲試，壓軸的糖梅仙子終於降臨，穿著粉紅色的大紗裙，連續不停地做出完美的旋轉，小女孩忍不住跟著音樂扭起來了！

每一場芭蕾舞的觀眾席裡，都會有幾個這樣坐不住的小孩，也許未來的芭蕾舞巨星就在其中──然而一百位從小立志要跳公主仙子主角的女孩，有九十九個大概跳不到，光是能在舞團裡

得到一個位置，得耗上十幾年學習，外加無重大傷病的運氣：反過來說，若你是萬中選一的優秀舞者，跳王子公主的角色對你來說還可能不夠有趣，你會想跳壞蛋角色，你會想當黑天鵝、當魔王，或是當一隻巨大而活躍的老鼠。

萬物也許生而平等，但有些動物就是令人生理上無法接受，老鼠的賣相真的很差，牠的顏色、牠的體型、牠發出的吱吱與喳喳、牠鬼祟的行為以及身上夾帶的十一種常見疾病，都讓人不敢直視。但你知道嗎？老鼠其實眼睛看不見，牠們在城市黑暗的地底，靠著感覺行走，是天生的盲舞者。

這世界上有屬於老鼠的浪漫嗎？有的。《胡桃鉗》的原著原題就叫做《胡桃鉗與老鼠王》，是德國浪漫主義劇作家E.T.A.霍夫曼的作品。在這個聖誕夜故事裡，老鼠是重要的反派群，當午夜的鐘聲一響，老鼠就從那放滿聖誕禮物結滿彩燈的樹下一隻隻地鑽進瑪莉小妹妹一家人溫暖的屋裡，我這個人從小看童話故事都會偏心反派，可能是因為他們都比主角有個性、有風格吧，在《胡桃鉗》裡面，老鼠王真的超有風格，牠有七個頭——當然包含了七張老鼠臉。同情反派是浪漫者的特質之一，霍夫曼的原著裡，老鼠王也有牠自己的辛酸，人類的小孩放置捕鼠器殺死了老鼠王的孩子，悲憤的老鼠王率領鼠軍誓死一戰，而下巴掉了的胡

桃鉗將軍，被瑪莉小妹修好之後為了報恩，帶領胡桃鉗大軍擊退鼠軍，人類獲勝，得到聖誕夜的安寧與平靜，但老鼠王卻是家破人亡，仔細一想，這個故事根本就不溫馨。

老鼠的形象在卡通普及後，變得可愛許多。在一張波士頓芭蕾舞團彩排的舊照中，老鼠王正在糾正部下的老鼠芭蕾，我這才發現，原來各地的老鼠芭蕾也有不同的風格：波士頓鼠王鼠兵毫無殺氣，上下身一比一，毛皮蓬鬆，穿著遊樂園吉祥物似的連身服，加上露兩齒的呆萌喜感，很適合放在Hello Kitty旁邊；舊金山芭蕾的鼠王特色，是尖嘴裡一整排衝到下巴的尖牙，指甲也銳利如刀，是標準的壞溝鼠扮相；紐約市立芭蕾的鼠王與老鼠就跟地鐵老鼠一樣，在城市日夜堆積的惡性油紙餵養下，下盤肥大，但四肢細長——如此方便逃跑——，鼠兵們一跳躍，灰色的屁股就上下左右咚咚咚地擺盪；再看英國皇家芭蕾舞團的鼠王造型，灰階多層次的襤褸服飾，有一種狄更斯式悲慘遇上Alexander McQueen的暗黑華麗，想當年童工被虐棲身於下水道時，身邊也有嚇人的老鼠竄流。以上種種顯示，英美工業發展過程中，都會居民內心累積了不少對抗老鼠的創傷，那麼出產戰鬥民族與芭蕾巨星的俄羅斯又是如何呢？莫斯科芭蕾的鼠王挽救了浪漫之名，牠玉樹臨風、黑衣倜儻、腳尖筆直、迴旋跳躍無懈可擊。能跳鼠

王的舞者必須技巧高超、經驗豐富，因為這個角色必須穿著那麼重的道具服展現輕盈，而更困難的是，當他帶著鼠頭跳舞時，頭套幾乎完全阻擋了視線，他的視野比戴上眼罩的賽馬更加狹窄，看不見地板，也看不見旁邊的舞者，甚至看不見觀眾席，只能看著觀眾席後方一個小紅點確定方位。

搬離曼哈頓之後，因為路遠，我越來越少去林肯中心，除了實際距離的影響，我與大師經典的心理距離也越來越遠；我清楚記得最後一次看巴蘭欽作品《黑與白》那天，走出劇院，心想「巴蘭欽這個沙文主義者真無聊」──巴蘭欽沒有變，是我變了，巴蘭欽六十年前新創的風格，放到現在也變得老土。

巴蘭欽制霸林肯中心數十年，在這段期間，有一位同為俄羅斯天才男舞者也曾經空降林肯中心，那人在舞蹈界外的觀眾眼中，是《欲望城市》裡那個「演過凱莉前男友的藝術家」，而在舞蹈世界裡，他是演、視、歌、舞，永遠追求突破、無與倫比的Misha先生──巴瑞辛尼可夫（Mikhail Baryshnikov）。

巴瑞辛尼可夫在一九七四年加拿大巡演中脫隊，要求政治庇護，之後歸化美國，關於他的動機有許多說法：民主浪漫人士說他衝破鐵幕投奔民主，自由派藝術人士說他厭倦蘇聯僵化的創作體制，還有人說他被情治單位盯上了， 這個疑問當時可能很難

解，然而四十年後回看他到紐約後豐沛的創作與成就，誰還需要問他為何要跳機呢？他以紐約為中心的創作生命，自由奔放、充滿可能性，連他「投奔自由」這件事本身，都在隔年馬上拍成了一部跳舞電影，《白夜》（*White Nights, 1985*），這可能是愛國電影中最帥的一部了。如今蘇聯也早已解體，記憶中只剩跳舞，尤其是那段著名的「十一圈」打賭。

「十一圈」是這樣開始的：無論在電梯裡、小屋裡，或是一間有窗的芭蕾教室裡，幾個人被圍困到最後，大概都會開始賭博，一名俄國芭蕾舞星（巴瑞辛尼可夫）跟一名美國踢躂舞者（Gregory Hines）被關在一起能賭什麼呢？Pirouettes ——轉圈圈——，轉一圈贏一盧布，連轉七圈，七盧布。

「等等，要是你輸了我得到什麼呢？你又沒錢。」踢躂舞者問。

「我的手錶嘍。」俄國舞者說。

「哦，不，我要這個。」踢躂舞者用下巴指了一下那台手提音響。

對圍困中的舞者來，輸掉手提音響是多麼嚴重的事情！這時踢躂舞者又挖著口袋說：「等等，我還有，你看……十一盧布，十一圈。」

巴瑞辛尼可夫（脫外套！）說：「你來得及數嗎？」（一秒如風般早就超過十一圈）。

巴瑞辛尼可夫現在依然住在紐約，跳舞早就已經無法滿足他，他喜歡演戲，喜歡挑戰怪異的角色，而且不怕展現自己的年邁蒼老的模樣，還成立以他為名的表演藝術中心（Baryshnikov Arts Center，BAC），提供表演場地及駐村機會給跨界表演作品。

無論是忠實觀眾，或是芭蕾群英，擠進林肯中心是為了一睹經典風采，但若要在藝術的路上繼續前進，恐怕還是得離開林肯中心。巴瑞辛尼可夫離開美國芭蕾劇場之後，才展開了他最有實驗性的創作旅程，紐約市立芭蕾依然定期寄送印刷精美的舞者型錄到我家，每頁標明舞者穿著服裝的品牌與價錢，內容完全可以預料的舞碼適合攜家帶眷前往同樂，但我想要更多，想要有意外驚喜、想被舞者嚇到、想頭皮發麻、想為舞者走火入魔感到憂心。

然而沒想到另一位男舞者鄭宗龍先生把我喚回了中城劇院區的City Center——二〇一六年秋天，雲門2來紐約了。

紐約秋季舞蹈藝術節（Fall for Dance at New York City Center），被舞評直接稱之「拼盤（Sample platter）」——幸好不是人人都有一副貴族腸胃，拼盤性價比高，是許多人嘗試觀賞新舞種的契

機。不太清楚國際舞蹈藝術風格的一般民眾，或是世界各國跑去紐約學跳舞的窮孩子們，Fall for Dance 舞蹈節一張票均一價15美金，一晚可以看到看四團——就跟去有Coldplay和The Rolling Stones的音樂節一樣——，真是又划算又補，所以一開賣當天幾小時內就會賣光，幸好我早就記好時間，開賣當天在網上排隊一小時後終於購得。

第二次到紐約演出的雲門2被放在整個節的最後兩天壓軸檔，而且還被放在三位明星編舞家的後面，開場是一名歐洲長大的印度女舞者Shantala Shivalingappa帶著三個老樂師的印度傳統Kuchipudi獨舞；荷蘭舞蹈劇場（Nederlands Dans Theater, NDT）演出有如極限運動般的Marko Geoko作品；第三個是退休後復出的ABT明星芭蕾舞者Alessandra Ferri演出MacGregor（這個人是上過TED、幫Radiohead的Thom Yorke編過舞的那麼有名）的新作品首演，中場休息之後，最後一首是雲門2藝術總監鄭宗龍的作品《來》，好像在說「這位就是下一個明星編舞家」。

在City Center看雲門2那天，至今記憶猶新，那是我睽違兩年首次回到中城劇院區去看戲，傍晚一場豪雨之後，開演前飄著細雨，門口擠滿人，大廳裡此起彼落聽得見台灣腔國語，印度大叔應援團，與巨人般的荷蘭粉絲團在走道上擦身而過。一口氣看完

三段風格迥異的舞之後腦力有點不支，中場休息之後，雲門2飄著七彩衣襬出場，他們的重心那麼低卻那麼輕盈，流動像水卻充滿力量，我心想果然要練太極啊，髖骨好放鬆看得真愉快，但四周的觀眾依舊肩膀僵硬，正經而木訥，可能是場地太拘謹了。在這新摩爾式建築風格的藝術殿堂裡，抬頭還可見到新近修復的古蹟陶瓦圓頂，不過在我右後方，罕見地一次坐著二十名左右非裔美國人小學生，出於不明原因他們整團被帶進了劇院，湊巧地看到了《來》。有好幾次，當雲2舞者開始搖擺起來──為了方便理解就先稱它為「廟會搖」──小孩們就忍不住格格發笑，又互相噓說不要吵，噓著噓著台上又搖起來，他們又笑了，我心想好久沒見到這麼捧場的觀眾。

就在這小朋友強忍的笑聲中，迎接到《來》的高潮，也是這場舞蹈節的完美句點，正如美國《舞蹈雜誌》（*Dance Magazine*）所說：Fall For Dance Ends on a High。演完收工，舞者們還沒卸完妝就蹦蹦跳跳地跟到酒吧慶功，查證件的門衛非常驚訝這些少年少女竟然已超過二十一歲，路人好奇地看著這些「聶隱娘們」到底是哪裡來的呢？

每一次謝幕過後，人們想要延續那股難得的興奮，於是劇院旁的酒吧在散場後生意總是特別好，在劇場裡一晚上的表演，平

日得花多少年月準備，而下一次見面又得等多久呢？想到這裡，眾人更不願意就這樣道別了，往往在散場之後還要喝上好幾杯，直到過了午夜、甚至凌晨兩、三點，走出酒吧的封閉環境，迎面而來的是從街道上吹來車尾的熱風，這個時間的紐約依然燈光燦爛得刺眼，當你走到第七大道，朝著時代廣場方向走，午夜過後的時代廣場人潮已經變得稀疏，每個人玩到這時都快要投降，但是時代廣場絕對不會閉眼，你站在廣場正中央，自帶一圈旋轉，幾百支股票、產品、時尚、劇院一次入眼，這就是紐約，永遠無恥而閃耀，你想要什麼就盡管拿，她既不會受傷，也不會為誰而改變。

Hell's Kitchen

今晚帶我去看戲

有一個關於劇院區的老梗笑話：有觀光客問路：「要怎麼到卡內基廳？」被問的路人（剛好是鋼琴家魯賓斯坦）回答說：「練習、練習、再練習。」

能進到卡內基廳的音樂家萬中選一，在到達卡內基廳之前，得先行萬里路，而這一萬里曲折蜿蜒，大約都在紐約市內。劇院區場地大大小小，應有盡有，甚至某人家的客廳或是水溝蓋上的紙箱都可以是表演的場所，但說到像電影裡那樣有紅地毯、有燕尾服、有雕花窗、有電不用錢似的千枚小燈泡以及百老匯字型爬滿招牌的地方，就是中城劇院區——從四十二街的時代廣場站周邊開始，直到上西區的林肯中心為止，而一次完整的正宗紐約看戲體驗，自然還是要從喝酒開始。

戲前酒／餐

不要想多了，戲前不是前戲，劇場有許多酒性堅定的人無論是等待或是中場都要喝一杯，劇院附設酒吧的飲料當然比較貴，而劇院周邊有許多小酒吧在戲開演前的七點左右人滿為患，有鑑於電影明星尋求突破都會跑來百老匯演舞台劇，我敢說在這些酒吧裡遇見氣質男星或是（演）英國女皇（的演員）機會不小。無論戲前或戲後吃，劇院區附近的Hell's Kitchen就是美食集散地，第九大道並在最近兩年突然冒出大量泰國料理。

The Rum House

餐廳酒吧選擇眾多，若硬要只選一間做代表，就選這間電影《鳥人》（*The Birdman*）裡面，劇評與導演吵架的酒吧，很適合中年男子對著一杯不加冰的純蘭姆酒獨坐沉思，然而儘管陷入沉思，知名演員坐在身邊的機率還是極高，這時你要學做一名很酷的New Yorker，鎮定而輕鬆自若地舉杯對他說：「Loved the show。」

Broadway Theaters 百老匯劇院群

百老匯秀統稱在時代廣場周邊四十一間超過五百人座位的

劇院裡上演的音樂劇，每間劇院每晚上演同一部劇，全年運轉無休，可以想像這是多麼龐大的票房壓力，要每晚賣出五百張上百美元的票，肯定必須是大手筆的製作、最高水準的技術、以及最受大眾歡迎的故事風格，有人說百老匯是英語舞台劇世界的巔峰，有人（通常是英國人）不同意，因為百老匯的基礎除了傳統舞台戲劇，還受到美國流行文化強烈的影響，比起莎士比亞劇院，百老匯秀更像是高度商業化的頂級娛樂產業，感謝有這樣的劇場，養活了好多藝術家、技術人員、創作者。

百老匯秀的票不便宜，最新的熱門劇《漢米爾頓》（ *Hamilton* ）一張票376美金起跳，還一位難求，長青劇如《西貢小姐》（ *Miss Saigon* ）《獅子王》、成人向的《 *Kinky Boots* 》、還有小品《 *Wicked* 》則在網上或是時代廣場的TKTS票亭就可以買到打折票。

那麼百老匯史上最厲害的一部音樂劇是誰呢？《歌劇魅影》，一九八八年一月首演以來已經演出了12,302場了，比第二名的《芝加哥》多了三千六百場，直到現在還在演。

Lincoln Center 林肯中心

林肯中心廣場以噴水池為中心，左中右共有三大廳，

Metropolitan Opera 是大都會歌劇團以及美國芭蕾劇場（ABT）的主場，David H Koch Hall是紐約市立芭蕾（NYCB）的家，David Geffen Hall則是紐約愛樂的地盤（NY Philharmonic），兩條街外的 Alice Tully Hall是規模較小的古典音樂廳，Jazz at Lincoln Center則在時代華納大樓的樓上，這些劇院的折扣票機會非常有限，必須當天現場在62街與Broadway路口的David Rubenstein Atrium排隊購買。與林肯中心一街之隔的The Julliard School也有表演廳，畢業季時還可以買票觀賞這些以後即將成為明星的學生畢業公演。

New York City Center 紐約市立劇院

City Center每年有兩個重要的舞蹈節，一個是春天（三月）的佛朗明哥舞蹈節，另一個是秋天（十月初）的Fall For Dance（芭蕾、現代、踢躂），除了看舞，這間新摩爾式的古蹟建築內部也很值得一看。

Carnegie Hall 卡內基廳

古典音樂殿堂卡內基廳號稱劇院內每個角落聽到的音色品質都是一樣的，既然這樣何必去買昂貴的前排票呢？卡內基廳的折扣票選擇很多，有預售的視線受阻票（obstructed），最高可以買

到對折，當天中午開賣的十元Rush Ticket，另外還有（需有學生證）特定場次的十元學生票。

Sleep No More @ McKittrick Hotel

「場域特定表演」Site-specific show的興起帶動了音樂劇的改革，Sleep No More劇本改編自莎士比亞的《Macbeth》以一間五層樓的廢棄飯店為場地，來這裡看戲的觀眾可能要先練一下身體，因為你不能坐著看，你得跟著故事跑，而且必須在三條同時發生的故事線中選擇一條。

Tiffany & Co. 蒂芬妮

電影《第凡內早餐》的第凡內總本店，進去看看，或是像奧黛麗赫本那樣在櫥窗前吃早餐都可以。聽說第凡內的店員都有火眼金睛，能一眼看穿客人財力，但他們都很有禮貌，即便你不買（或買不起）東西，趴在櫥櫃上看著鑽石做白日夢也不會趕你走。順帶一題，若你已經到了Tiffany & Co.，那就不可能沒看見隔壁金裝閃閃的川普大樓 ——他老人家當年買下了高貴鄰居Tiffany & Co. 的領空權，得以把樓增建得更高，他還以此得意地把次女命名為Tiffany。

New York Public Library for the Performing Arts 市立表演藝術圖書館

　　這是紐約市圖的分館之一，位於林肯中心廣場一角，是表演藝術主題分館，這裡有全世界最豐富的表演藝術相關收藏，包括書籍、影像、錄音、手稿、紀錄，一樓有定期輪替的特展，沒有圖書館證者雖然不能借書看片，但能免費進入參觀閱覽，等戲看的下午時分，推薦來此像紐約人般享受。

3

New York Public Library
MOMA
Bryant Park

New York Public Library

在觀光客的注視下用功：紐約市立圖書館

我有紐約市圖借閱證十多年了，即便中間離場九年之後再回來，我依然拿著那張已經褪色到看不清楚號碼的借書卡，而那張卡依然有效——圖書館真是有情有義的地方。

　　紐約市立圖書館（NYPL）約有五千三百萬筆館藏，是世界第四大，全美第一大公立圖書館。除了館藏量，流通量以及造訪人次也都是全美第一，全館系統去年預算是兩億四千五百萬美元，除以服務地區總人口，人均圖書預算為八美元，是洛杉磯公立圖書館的四倍——這樣講好像很勢利，但數字對圖書館來說好重要，因為經營圖書館不能靠夢想，是要燒錢的。

　　圖書館預算高，讀書人的日子就能過得甜蜜，拿著一張紐約市圖書館卡，整個城市都變成了我的辦公室，對我來說，圖書館是比咖啡館更好的工作地點，因為市區到處有分館，光是曼哈頓就有三十五處，再者，咖啡館會放音樂，但能剛好是我當天想聽的音樂機率是零，另外還有各種腳步聲、聊天、做作的讚歎、深情相望、磨豆機、莫名爽朗的店員呼喚聲……種種無法預測的干擾，只有在圖書館設置的Quiet Area工作，可以享受完全的寂靜。

　　在所有分館當中，四十二街圖書總館，是我最引以自豪的華麗辦公室，總圖書館是壯觀的Beau Arts風格國定古蹟，為舉辦世紀婚禮的不二場合，圖書館外牆用三英呎厚的大理石圍住整個街

廓，旁邊是綠草如茵的Bryant Park，每日入館觀光者絡繹不絕，有定期導遊行程，也有語音導覽提供參觀者租借，了解圖書館每一部分建築的歷史與故事。館內雕梁畫棟，寬大的石階與亮閃閃的地板，領你進入每間不用主題用途的閱覽室，包括特別展覽室、期刊室、中央閱覽室、珍貴古書部門，還有我最喜歡的地圖室，打亮觀光臉龐的燈是頭頂的水晶燈，照亮書頁的則是桌上的黃銅檯燈。

紐約市圖除了提供老中青幼市民閱讀、進修、電影、音樂、語言課程各種服務，也是美國除了大學圖書系統之外最大規模的研究圖書館（Research Library）。歷史學家、新任《紐約書評》（*The New York Review of Books*）總編輯伊恩‧布魯瑪在他的知名作品《零年》原版後記中，第一個感謝就是紐約市立圖書館。

"I cannot imagine how I could have written this book without my stint as a fellow of the Cullman Center for Scholars & Writers at the New York Public Library."

圖書館系統下的Cullman Center主持駐館作家專案，每年從申請者中選出十五名學者駐館九個月，在資深館員的幫助之下，大

海撈針地把找出可能有幫助的文獻資料，直到完成作品，布魯瑪先生就是在二○一一～一二期間完成《零年》這部作品。但你不需要成為一流學者、也不需要入選成為Cullman Center Fellow，圖書館一再鄭重強調：任何人——不需要是紐約客——，任何人都可以走進圖書館參觀、可以拿起架上的書本閱讀、可以參加圖書館每年主辦的十萬多場活動，或者在此約見神祕嘉賓：影集《新聞編輯室》（The Newsroom）裡面，新聞總監走進三樓深處的研究部門（General Research Division）去見提供新聞內幕的線人，那人問他可以把手機電池拆掉嗎（只不過幾年前還是非智慧型手機時代啊）？他說：「這圖書館的牆有三英尺厚啊。」對方說：「沒錯，所以才約這裡，但你還是要拆。」任何人也都可以借還圖書、調閱研究資料，申請圖書證是免費的，只要在申請表寫下真實姓名跟出示紐約住址電話的證明文件，有了借閱證，馬上就能申請調閱任一本書、一張文件、一份報紙，或是一捲膠片。

去年做調查，找到一部關於舊金山第一間華人夜總會的紀錄片《Forbidden City》，資料顯示這部片只剩一份拷貝，還是十六釐米膠捲，於是我在線上提交調閱申請，過了幾天，館員回信發給我幾個時段讓我選擇，因為這部片要用的機器只有林肯中心表演藝術分館的某個放映室才有，所以必須約好時間去那邊看。到

了約定的那天，我準時到達櫃台報到，館員把機器推出來，將底片盤上轉盤，確認影音同步，告訴我「要換片的時候跟我說」，就留下我一個人獨占一大間放映室、一台發光發熱的膠捲放映機、打在白色螢幕上的『舊』舊金山」夜生活。

這時我問了一個很蠢的問題；「不能暫停跟倒帶嗎？」

館員遺憾地搖著頭；「不行哦，十六釐米。」

我只好拿出十二分的專注力來看片。

過了幾個月，我又來靈感了，想看看越戰期間的曼谷市觀光地圖什麼模樣（如此精準的好奇心從何而來，我也不知道），來到總圖書館的地圖室申請調閱，地圖室的部長是個頭髮自然鬈、板著臉孔的大怪頭叔叔，他坐擁大小骨董地球儀，四周盡是古典紋飾，全天候皺眉，我向他出示借閱證、填完小卡，他看了一眼：「現在快四點，我們再一小時就要閉館了哦。」他說著，按下桌上的鈴，叫出另一位館員，吩咐她除了我要的那一份地圖，把曼谷相關的整本都拿上來吧，我這才知道原來冷門項目都被關在地下室，等她進去找到東西再拿出來，得等上半小時。我坐在禁止擺放液體容器的古董桌前等候，一批一批的參觀者推門進入後，被這房間華麗的書卷氣震懾，屏息讚歎，或有走得累癱的旅客在我身邊一屁股坐下，被大叔指著「調閱地圖專用」的指示牌

勸離到別的座位上。

　　終於我的館員抱著卷軸幽幽地出現了，在大桌上攤開那些久未接觸陽光的紙面，贊助商KLM（荷蘭航空）斗大的Logo、餐廳、酒館、飯店，當時美軍生活線索全在紙上。周圍的參觀者們，一邊與同伴互相「噓」地叮囑著，一邊安靜拍照，地圖室裡用功的人們，包括正忙著研究另一個城市的觀光地圖的我，就這樣成為了觀光風景的一部分，一名好奇的陌生婦女試著伸手摸了一下我的地圖，卻不小心摸到我的手背，她嚇了一跳，縮了回去（是啊，是活的，不是蠟像）。

　　今年初，總圖三樓的Rose Reading Room終於整修完畢，這個最常出現在電影中的圖書室，被Quartz新聞站稱為「紐約最輝煌的Co-working space」，星期三下午十分鐘之內就能湧入五十人，一半是背著相機、拿著地圖、腳踩球鞋、把外套綁在腰間的遊客，一半是我這種背著書包進來做功課的市民，無論你是第一次或是第一百次進來，上三樓進入Rose Reading Room，請記得一定要抬頭看15.8公尺高（大約五層樓高）的鍍金浮雕天花板。兩年前，因為天花板上掉下了半朵鍍金的木頭玫瑰花，館方展開了一千兩百萬美元修繕這一百零五歲天花板的計畫，而那墜落的半朵玫瑰則被放在櫥窗裡展示。

這次來到Rose Reading Room，是為了一批美國海軍在太平洋戰爭期間的軍事地圖，等了七天，終於到貨了。在三樓桃花心木櫃台前，館員小哥收下我的提書單，要我去旁邊看螢幕等叫號，這領藥一般的過程，是館藏從地底下搭電梯上來的時間，市立圖書館總館旁邊的布萊恩公園（Bryant Park）草坪底下，是五千多平方公尺的書庫，四周用水泥加固防潮，配有全年溫控。總部在上西區的《捉鬼大隊》第一集，比爾墨瑞第一份工作，就是來這裡對付有博士學位的老太太Eleanor Twitty，她不說話、只看書，還會把圖書分類卡（一種已絕種文物）的抽屜開開合合，讓卡片滿天飛。總之鬼暫且是制伏了，後來分類卡也都數位化了，館藏越來越多，力求更加有效利用空間、又方便檢索，館員發明了一套用書的尺寸分類的收納方式，為了快速調閱，建了一條二九〇公尺長、圖書專用的地下鐵系統，人稱「小紅鐵」（Little Red Railroad），我的軍事地圖就是搭這條地鐵上來見我的。

　　從館員手中接過軍事圖，走向閱覽室深處找座位。即使每天遊客人潮洶湧，但圖書館的肅穆感讓人自動安靜下來，陶醉在穿透高窗灑落書頁的陽光，這是紐約最後幾處真正安靜的角落，為了讓市民與遊客各自享受這個空間，館方在大閱覽室拉出一條攝影界線，遊客只能在線外拍照，背對著入口的我感受得到身後快

門聲不斷，我也盡責地為這片閱讀風景獻上一枚專注的後腦勺，畢竟，巨大豪華的圖書室很多地方都有，每天有幾萬人得以免費坐在這裡用功，這才是紐約市圖最自豪的風景。

免費對公眾開放是市立圖書館最重要的原則，借書調閱資料、在圖書室看書上網、或是喝水上廁所，參觀者從來無須付費，但是營運圖書館當然不是免費的，這個圖書館非常花錢，各分館二○一六年的總開銷大約是1.8億美元，研究圖書館部門開銷也有1.2億，研究圖書館的主要收入是投資（38%），另有23%的收入來源是機構或個人捐款，那些「個人」可不是像我這種一年捐

款五十塊的小咖，而是那些住在紐約只聞其名、不見其人的超級富豪們。這個世界上比我有錢的人實在太多了，他們每年年底都有必須把錢花掉的困擾，有些人花錢讓媒體燒錢，有些人把錢花在養車隊、養球隊，有些人買畫、買島、買老虎，還有那麼一些人，把錢拿出來養圖書館。

十一月的第一個週一，圖書館前兩隻大石獅（Astor大人跟Lenox夫人是他們的名字）依然精神飽滿，圖書館反常地大門緊閉，門簾後的燈光映照著衣角飄飄的宴會賓客，他們走出門外時，看著總圖書館前的階梯上──遊客、遊民、普通市民，帶著慈祥微笑，他們就是供養圖書館的Lion Honorees，他們其中有些人可能正在發著戰爭財，或是剛把工業廢料倒進某些家庭的飲用水中，恕我可能無法親吻他們每個人的手，但也因為有那些人，地下室那些二十年才有一個人會調閱的書籍地圖，又能多活一天。

[B-side]
MOMA

竇加在MOMA當代美術館：二十世紀前夕的洗澡

趕上了展期最後一天，我去MOMA現代美術館看了竇加（Edgar Degas）特展，這次主題是大量的單版畫（Monotypes）。

竇加在一九七〇年代非常熱中版畫印刷，單版畫是一種「用畫的印刷術」，畫家在底板上畫好構圖，蓋上一張潮濕的紙，然後送進金屬滾筒服服貼貼地壓過去，作品就被印在紙上了，單版畫有明、暗兩種，明塊便是直接用布、筆、刷子或手指等工具沾顏料，在版上畫出想要的構圖，暗塊單版畫則是倒過來，先用顏料塗滿底版，再把顏料刮掉，所以沒有印到顏色的地方才是構圖，竇加用單版畫進行了各種技法的實驗，他將油彩顏料帶進了這個黑白的世界；他會重複使用同一塊底圖，重描、重印、重新上色、或是進一步製作鏡像、翻轉，或是雙面畫，他發現了許多技巧，就算以目前的眼光來看也是充滿新穎的創意，一八七〇年的竇加被憂鬱籠罩、又被強烈的好奇心驅使，世界在他面前急速改變，他不斷地在版畫上試驗，想要找出描繪這個新世界的新方法，那個新世界，叫做現代，叫做二十世紀。

覺得世界行進得太快，覺得自己跟不上了，是什麼樣的感覺呢？從竇加比較少為人知的風景畫中可以窺探一二：林間小路被拓寬，田園的開發，原來搭馬車的人突然有了火車可搭，於是車窗外原本緩慢的風景，只剩下一張張快速消逝的臉孔。

竇加不只嘗試新媒介與方法，他也尋找新的素材、新的作畫對象，包括別的畫家不屑描繪的對象：妓女、歌手、舞者、洗衣婦、帶著女兒與富商相親的母親，還有那些神祕又連結著淫穢想像的場域：私人沙龍、後台、排練場、酒館休息室、妓院、女性的臥房、洗衣房。

　　你可能以為我去看展，只是因為我寫跳舞專欄，不，只有跳舞怎麼夠呢？除了跳舞，還要洗澡，竇加的單版畫中，有洗衣婦費勁搓洗熨燙的側影、當紅歌女豪情萬丈撐著手肘高唱的身姿、舞者光滑緊繃的肌肉與蓬鬆透光的紗裙形成對比，以及在家用浴室旁放鬆身體的裸女，把點與點連成線，便能看見歐洲「洗澡的現代化」。

　　在十九世紀之前，歐洲並不好聞，中世紀兩百年間發生了七次瘟疫，羅馬時代留下來美好的洗澡文化已經髒臭，當時眾人普遍認為公共澡堂是傳染疾病的溫床，比起洗澡，常換衣服才是保潔之道，穿著全身潔白服裝，是貴族炫耀財力地位的一種方式——表示家裡請得起洗衣工。洗衣婦是十九世紀畫家與小說家喜歡的人物設定，一個女人，用手觸碰他人貼身衣物——連同他人身上的髒汙與體液也照單全收。洗衣，是一項勞力密集、報酬低、沒地位的勞務，當時最受歡迎的小說家、也是禁書產生器的

左拉曾寫過一本《酒店》（*L'Assommoir*），是關於一洗衣婦迫於生活淪落賣淫，最後家族不幸、沉迷酒精的巴黎下層社會浮世繪，左拉說過，他是直接拿竇加的畫作為洗衣婦原型。

同一個時代，巴黎的另一面卻精采萬分，科技不斷進步，發明日新月異，上流社會對人類未來充滿願景：一八七八年，第三屆巴黎環球博覽會（Exposition Universelle）宣告了巴黎從普法戰敗中復興，鎢絲燈泡照亮了歌劇院大道，那是巴黎人首次享受公眾照明。照明普及是巴黎娛樂文化越夜越美麗的關鍵，而同年推出的進階版愛迪生留聲機以及製冰機，更是夜生活不可或缺的重大發明；娛樂場所興起、社交活動時間延長、帶來更多的大眾休閒與消費——當然也帶來更多欲望與麻煩——，電燈光線照亮了十九世紀的現代化前夕，灑在酒館男女身上、劇場女伶臉上、芭蕾舞者裙上，竇加筆下的人物，從未有過清晰的線條，現在看來，可能是這夜裡的光線太美，模糊了輪廓吧。

現代化生活的標竿不只是商業用電、消費娛樂，還有——家用浴室。

不愛洗澡的歐洲人到了十九世紀後半，開始檢討，科學家終於說出口了：病菌滋長跟身體的清潔度有關，那時已有抽水馬桶與排水管等技術，只是很花錢，很多窮人必須一家共洗一缸水，

一家之主的父親先洗，然後依照年齡順序入水，所以當時的順口溜是「別把寶寶跟洗澡水一起倒掉」。在那之前，浴缸建材的主流是木頭或銅片，泡澡是貴族富人的專利，水由僕人燒熱、扛到房裡的浴缸，洗完再由僕人扛出去倒掉，當然僕人自己是不洗澡的；竇加的時代，民宅裡開始有送水的水管，不需要扛水倒水，衛浴設備便可以用較重的堅固材質，做成固定式的厚瓷或鑄鐵的浴缸，從竇加的單版畫，看得見當時浴缸形狀跟現在的浴缸相去不遠，可說是浴缸現代化的起點。

敏銳的竇加不只捕捉到現代化的形體，他也記錄了新概念：隱私。

隱私不是新鮮事，自有生命以來，那些見不得人、或不想為人知的角落早就存在，現代化以及現代主義帶來的劇烈改變，是讓隱私「可以見人、可以為美」。竇加有一系列妓院即景單版畫，裸露的豐滿女子或坐或躺、等待、迎接客人，或沐浴梳妝的妓女的身影，雖然不知竇加怎麼辦到的，但女人們自顧自地，當畫家不存在一樣，而他描繪這些女人的視角，既非窺探，也沒有批判，他的眼光柔和，充滿放鬆與親密感，另一系列洗澡女，每幅圖中都只有一個女人，在浴缸裡或外，或剛洗完澡躺在床上，因為是暗塊單版畫，在臥室的陰影中，女人的身體都像在發光。

有人說這些作品「既美麗又無禮」，雖然並未暴露任何私密部位，但她們的姿勢都大膽而扭曲，讓人想入非非，她們之所以做出這些動作，是因為她們身處可以放心的私人空間，覺得沒有人看──或者看的人是她所信任之人。

　　無論夜如何美，舞跳完、歌唱盡，終究得回家洗澡，越專注了解洗澡，越明白洗澡的深奧，越了解一名藝術家，越覺得他真勤奮：有了天分、還要有實驗精神、有對美的渴望、還得甘於孤獨、有對底層社會的憐愛、還得有光。竇加在世的時候，那些妓女與洗澡的作品幾乎都沒有人買，而現在那些畫都在這裡，美術館的牆上，許多人搭了飛機來看它們，討論畫家的傑出才華、深刻感情、以及刻劃一個時代人類生活的重大貢獻，沒有這些畫，我們無法真正理解那種私密的光影與情緒，無法感受當夜裡突然大放光明、當你終於可以在家洗澡，那是多麼的快活。

Bryant Park

完美的逃婚路線

我以前曾經疑惑為何美國英語裡的市中心都叫做下城Downtown？很多地方的市中心一點也不Down（南）啊，例如舊金山的Downtown就超上面（北）的好嗎？研究了一下（就查維基百科而已），原來是紐約市害的，因為美國最早發展成大都會的紐約市金融中心就在曼哈頓島的最南端，有了下城，於是也有了中城（Midtown）與上城（Uptown），上城一詞的訴求，則是上流社會悠閒度日的氣氛，新北市近郊曾經氾濫的看板經常可見「XX上城」洋風建案名稱，講究郊區寫意——但是紐約的Uptown並不是郊區，而是曼哈頓59街中央公園南界起，往北到「三位數街道」的市區，中城（Midtown）以商務繁忙、高樓林立為標準，極力營造中產階級消費力與品味成正比的訊息，中城、上城，兩個詞在世界的地產商眼中變成一種概念性產品，當然，也是紐約害的。

40th Street 第40街

就像紐約牽連了整個美國英語中的城市概念，經典紐約影集《欲望城市》也塑造了一代人對感情婚姻的嶄新價值觀。《欲望城市》電影版第一集最令人心碎的一幕，就是臨陣怯場的Mr. Big逃婚後三十秒就後悔了，他叫司機掉頭回去，司機說這是單行道啊！Big說：「後面沒車，快點掉頭。」那條街就是第40街。現實

中的40街正是一條單行道，這是消防車絕對不會走的一條窄路，一側人行道萬年施工中，市圖總館的送貨門跟布萊恩公園的出入口也都在此，人行道上滿滿的是路過的觀光客跟附近辦公室出來放風的人潮，這一段窄路也聚集了Lady M、Royce Chocolate、Blue Bottle Coffee、Maison Kayser等甜點名店。

Grand Central Terminal 中央火車站

如果你真心要逃婚，那這個方向非常適合，肯定沒有回頭的機會，而且，逃出來之後，直走再左轉，直接（像電影那樣）飛奔穿越中央大車站大廳——肯定還得閃過幾組在華美的星空天幕下接吻的情侶——就那樣跳上往上州的火車（推薦Hudson Line風景美不勝收），不要回頭。然而不逃婚的日子，應該要在中央火車站多逛逛，地下樓有美食街、兩邊走道有各色禮品店，藥房、鐘錶行、修鞋匠、擦鞋服務、眼鏡店，解決各種人生難題，另有一間米其林星級餐廳。

Bryant Park 布萊恩公園

每當有人造訪紐約，我就跟他們約在布萊恩公園：「帶什麼東西去布萊恩公園都會變好吃。」被綠藤包覆住的Bryant Park Grill

坐落公園內，緊鄰圖書館古典大窗、客人可以在綠色爬藤的擁抱下享用一份十九美元的凱薩雞肉沙拉，而我通常則是坐在看得見那份沙拉不遠處的草坪邊，從包裡拿出一個五元的火腿三明治大啃，這裡有一千張綠色桌子跟四千張綠色椅子可以免費使用，桌椅都沒有固定裝置，可以自由搬動，竟然也沒有被偷光，桌椅是許多紐約電影裡的公園標準款，公園網站曾經限量出售過，一張125美元，一下就賣光了。除了野餐，還有旋轉木馬、乒乓球桌、西洋棋桌、圖書閱覽區，還有公廁，是中城觀光最好的休息點，在辦公大樓密集的中城，這唯一的一小方綠地人口密度最高時會高達每英畝八百人，成為午餐時段淺藍色襯衫男子密度最高的地段。

52街與Lexington大道交叉口地鐵蓋

爵士樂裡的紐約，好似只要兩人並肩走著，相視而笑，就會出現幻想大樂隊「登愣」奏起〈臉貼臉跳舞〉（*Cheek to Cheek*，Ella Fitzgerald & Louis Armstrong）——不過走在中城紐約，任何美好音樂都會在二十分鐘內被淒厲的警笛聲無情劃破。在「有斑馬線過、沒斑馬線也過；綠燈過、紅燈也過；沒車過、有車也過」的紐約，為了怕撞到人，紐約警消信號響徹雲霄，超過一百二十

分貝（跟打雷、電鋸同等級），就是在這一片兵荒馬亂當中，瑪莉蓮夢露站在一方噴氣的地鐵蓋上，留下那張經典的飄裙襬照片。

53rd Street Library 紐約市圖五十三街分館

這間位於MOMA大都會美術館對面、二〇一六年落成的嶄新分館，是由知名建築公司TEN Arquitectos設計的，裡面有大量美術設計藏書，科技學習中心，還有一百二十人座的兒童劇場，免費入場。

The Tour at NBC 30 Rockefeller Plaza NBC電視台導覽

30 Rocks是洛克斐勒中心三十號的簡稱，也是NBC國家廣播電視台的總部，參觀電視台錄影的行程很受歡迎，每天早上跟周末全天，每二十分鐘出一團，行程六十五分鐘。

Winter Village at Bryant Park 布萊恩公園冬季市集（溜冰場）

布萊恩公園有一個最重要的任務，就是保護地底下的紐約市圖書庫，夏天你可以躺在草坪上看摩天大樓包圍下的一圈藍天，到了冬天，這片草地鋪上一層厚冰成為溜冰場，那些被養得好好

的書籍文件就靜靜地躺在腳下，除了溜冰以外，還有供暖的咖啡廳、市集，讓不溜冰的人也能悠哉等待旅伴。

New York Public Library Stephen A. Schwarzman Building
紐約市圖總館

正如前文所述，白天的圖書館屬於活人，到了晚上，請把圖書館還給鬼魂。逃婚的你，在搭上火車一路向北之際，記得回頭想像，閉門後圖書館淨空的閱覽室內，隨著警衛腰間鑰匙的碰撞聲越來越遠，熱愛閱讀的圖書館之鬼，在此時一一從書牆後面翩然現身。

4

Joyce Theater
On Stage
Chelsea

Joyce Theater

想逃避、就跳舞：喬伊斯劇院與我

　為了忘記現實世界的煩惱，有人拚命打電動，有人瘋狂看電影，而我，就去喬伊斯劇院（Joyce Theater）看跳舞，買一張最便宜的票只要十元，而且，還坐在第一排。

　我曾經跟人相約一起去喬伊斯劇院看演出，光是要與人協商日期、座位、可接受的票價、可能攜伴或不攜伴……這麼多不確定因素，讓我充分理解自己是一個多麼不適合帶團康的人，那次之後我就決定要當一個孤僻的劇院人，每當收到喬伊斯新一季時程表，我就打電話去一口氣訂了所有想看場次的折扣票——每場只訂一張——夠難相處的了。

　難相處的我，也很氣看戲遲到的人那麼多——但是在這個時

代，連紀律嚴明的劇院也只能給多工忙碌的新時代讓路，因為大家就是不會準時：演出前閃燈提示開始的緩衝時間變得特別長，晚五分鐘開場變成常態，我在布魯克林還遇過表定時間後二十分鐘依舊燈火通明、大家走來走去，我心想怎麼辦，劇場也沉淪了。

然而這樣嚴以待人的我，自己竟然也越來越常滑壘進劇院，也開始有一種坐下幕就起、「我算得真剛好的」虛榮感。夜路走多總會遇到鬼，終於，在去年冬天，這位自大的觀眾踢到了鐵板；因為地鐵突然多卡了十分鐘，原本算得時間剛剛好的我，被迫從地鐵車廂門一開就起跑，狂奔衝刺在第八大道上，喬伊斯的收票員，以及等著我口袋裡的票的同學都跑到門邊翹首盼望。這次在工作人員面前失禮，還差點拖累朋友的創傷，讓我決心重拾準時的謙卑。提早到劇院能增加這個看戲夜晚的雅興，許多人喜歡在劇院附近先來一杯，我則是一定要先吃東西──餓著肚子看什麼都是黑白的。劇院不是電影院，觀眾席上當然不得飲食，但要是真的很渴，從水壺裡偷喝一口水是沒關係的。

另一個關於劇場規範永遠的謎就是「到底什麼時候可以拍手」：其實我覺得想拍的時候就拍有什麼關係，台上表演、台下觀眾，之間的關係不是單向的，欣賞藝術沒那麼難，萬事自有律動，當觀眾真的好簡單，也應該很簡單，如果台上有你認識的

人，那當然只要有空檔就要拍到手痛為止啊，舞台上的人比台下的人更需要愛。

比起林肯中心大劇場，Joyce看表演的票價就比較接近看電影的感覺，在這個場地，跟電影院一樣，最差的位置是最靠近舞台的第一排，因為離舞台太近，舞者的小腿肚以下會被擋住，所以被劃為「Partial View」視線阻隔票，票價只要十美元，儘管大部分時間舞者的腳一律看不見，但第一排就是第一排啊，與舞者四目交投的次數多到數不清，舞台上的各種汗水啊、粉啊、冰啊都一一噴到我，有時候覺得舞者本人也快要不小心摔落我的懷裡，第一排也會有很多親友票，同業同好經常互相搭訕聊天，不回頭看，簡直要忘記身後還有一大票群眾。坐在第一排只有一個缺點，就是不幸看到非常不投緣的表演，陷入表情呆滯、不斷打呵欠的狀態，那真是百分之百無處可躲，舞者一邊跳都一邊看在眼裡，只好力不從心地在心裡說Sorry。

從去年開始，為了讓自己不要太過沉醉於孤僻的浪漫，我決定偶而請人跟我一起去看跳舞，當我看見一支舞碼，覺得想起了某個人，我就帶他去看，票我來買，他只要把那天空下來就行，要是突然有緊急情況去不了，我內心也有備胎名單，反正我一次只請一個人看戲，這麼大的紐約，總有一個人有空又有心吧。一

次只帶一個人去看跳舞，這種行程不太可能失敗，就算看了不明所以，或是覺得好像不完全合胃口，但是「我帶你去看戲」的感情才是重點，希望多年以後，他們就算不記得看了什麼，也要記得我曾經帶他們上過劇院：我帶過的貴客包括：初訪紐約的劇院老班底我妹妹去看Bill T. Jones／Arnie Zane關於二戰回憶的舞劇《ANALOGY/DORA: TRAMONTANE》，帶我十幾年的老友攝影師去看電影《黑天鵝》的編舞家Benjamin Millepied的舞團L.A. Dance Project公演，帶房東的老公（因為房東剛好出國了）去看有如特技團般的魔妙秀（Momix），也在歲末年終時請我的老友Elaine去看Les Ballet Trockadero de Monte Carlo挺著胸毛、擠爆舞衣的男子天鵝湖……，今年秋天，我甚至決定要與多年「宿敵」Bob Dylan和解，帶一名中年狄倫粉去看Twyla Tharp用狄倫情歌編的舞。

在長達五十年的編舞生涯中，Twyla Tharp善於運動各種美國民間音樂元素——藍調、鄉村、民謠——，老太太今年七十六歲，她不但編舞、上台表演、舞團演出海報還是她一人獨照，對於各種歌曲授權通常說不的狄倫先生，竟然兩次對她說Yes，應該也很怕她吧，我也會怕，看到她上台跳舞我腳都抖了。

我警告旁邊的男子：「等一下不准跟著唱。」

中場休息時，我轉頭環視觀眾席，不禁讚歎道：「這應該是

我第一次看到舞蹈劇場觀眾男性過半數的吧。」不知道各位資深帥哥們是衝著狄倫來的，還是來看女神Twyla的呢，無論如何，男人們跨出一步來看跳舞，我跨出一步接受狄倫的歌，這個夜晚意義深遠──今晚之後，我們又有理由各自回去做自己。

不是給孤僻找藉口，有些舞真是適合自己一個人去看。有太過詭異的、有過度實驗的、不怎麼優雅的、還有大量裸露，或是很冷門、很小眾、很深刻……我喜歡自己去看的舞似乎找不出一個定律，直到去年，有一晚我去看Ballet BC，看著台上半裸的男舞者心想這種舞者、這種音樂、這種編舞就是我的菜啊，一邊意識到這跟男生廣告A片終於看到合意的心情可能很類似，我終於明白了，總有某種東西，是只想留著自己安靜看、帶著某種幽微的私心，雖然看舞（跟看A片一樣）沒什麼好丟臉的，但是被人家發現，還是會有點害臊。

我想一定是我自己心虛了，別人肯定看不出來我在害臊什麼，喬伊斯劇院的前身是專放「Cult片」的另類影院，後來有一段時間成了春宮電影院，直到現在，變成每星期都有一個芭蕾或現代舞團登場的舞蹈劇場，也許這個劇院的屬性從來沒變，都是讓某些有點奇怪癖好的人來到這裡，兩個小時內，獲得些許小小變態的慰藉，然後心滿意足的回家。

On Stage

你能撐多久：舞台上（有時台下）的暴動

表演藝術界有幾個名字一旦被印在節目單上，那是連我這樣的老經驗觀眾也要舉手投降的，這些名字排名第一的一定是約翰‧凱吉（John Cage）。

一九七七年十二月二日，米蘭的觀眾走進演奏廳就座，音樂家John Cage準備演出，當時那些義大利人還不知道，這個夜晚即將讓他們永生難忘。當時的John Cage已是世界馳名的前衛創作者，算算自從一九五二年演出引起大騷動的〈四分三十三秒〉——全名叫做「四分三十三秒任何樂器或者樂器組合的演奏」（ *4'33" for any instrument or combination of instruments* ），也已經過了二十五年了。

四分三十三秒首演之夜幾乎演變成暴動，鋼琴家走上舞台，在鋼琴前坐下，按下碼表，四分三十三秒開始計數，你起初以為他故意拖延，後來發現這所謂的曲子，該不會就是這四分三十三秒的沉默吧，但又想想真正的沉默根本不存在，因為觀眾席有幾百人的呼吸聲，且正越來越急促，有些人比較鎮定，有些人則氣很短，已經屆臨發飆邊緣，有人開始咒罵這位音樂家亂來、傲慢、目中無人，有些人正要對著台上丟東西。

四分三十三秒畢竟比較短啊，通常反叛行徑會隨著年歲漸長而逐漸圓融，開始與人為善，可是John Cage肯定不是那麼客氣的

人，如果他要帶你去旅行，那就絕對不會放水，必是一場概念的大長征。

米蘭當晚的曲目〈Empty Words〉是Cage用機率作曲、沉迷易經之後的結果之一，這套「作曲」的組成，是Cage以哲學家梭羅日記文字為本，用朗讀與空白組合而成的文字馬拉松，他說要用易經的方法來卸除語言的武裝──身為作家好希望他來解救我──，易經這兩個字從小聽到大，也沒有自動變得比較會，到底「易經的方式」是甚麼意思？我查了一下〈Empty Words〉的說明：這套作品完全照拍讀完，全長可達十二小時，四個部分各有目的：第一部分去除句型（Sentences）、第二部分去掉詞組（Phrases）、第三部分去掉文字（words）、第四部份連音節（Syllables）都消滅了──用我對易經最基本又粗淺理解來思考：「易經中文字部分乃後起，指卦辭、爻辭，及十翼之文。文字、術、數，與象同為表現道的工具。（中華百科全書／高懷民）」──先有道、再有象、之後才是卦、數，文字是非常後端的詮釋工具，所以讓我猜猜看，Cage那麼淘氣，應該是想把音樂（或者藝術）穿上去的衣服一件件的脫回去，也就是他說的「卸除武裝」吧。

邀請Cage來表演的人可不是普通義大利人，是一九七六年滿

懷壯志剛開幕的小劇場Out Off Milan，宗旨是「不迎合大眾、不介入創作的旁觀者」，所以那天晚上的米蘭的Out Off發生了什麼事？在演出前他們在劇院開了記者會（照片），前來的觀眾大多是年輕人，他們為Cage在古典音樂界造成的衝擊感到崇拜不已，但是顯然不是每個人都做好了思想準備。這場「演奏會」一開場，隨即變成一場事件（Happening），以Cage自己愛用的文字（等等，不是要卸除文字武裝嗎）來說，是「*animated by unexpected consequences*」（用未知的結果賦予生命）。一開始，觀眾興致勃勃地聽著Cage坐在一盞檯燈前讀著手中的手稿，義大利司機在被前車擋住直到按下喇叭的平均時間是0.4秒，所以忍耐十分鐘的義大利人簡直注定可以上天堂，但十分鐘過後，人群開始騷動，發出不滿的噓聲、嗚嗚叫、唱歌、拍手、腳踏地，還有人決定上台自己表演，Cage鼻樑上的眼鏡還一度被人摘走了，當然有人離場，但是大部分的人都留到了最後，一小時四十五分過去，Cage心無旁鶩、處變不驚地表演完整支「曲目」，站起來，鞠躬，意料之外的是，那群態度惡劣、臭臉冷眼的觀眾突然爆出了掌聲，到最後，大部分的人都承認「Cage贏了」。雖然內心還是充滿問號，那種被征服了的心情卻很明確，這個六十五歲的前衛音樂家還在拚命往前衝，而且繼續單挑全場觀眾，最後還贏了。

二〇一六年四月二十一日晚上，我一如往常坐上喬伊斯劇院第一排，雖然是第一排，但卻因為舞台邊緣會擋住部分視線，所以票價是最便宜的，我身邊一如往常坐著很多看得出來是舞界人士的人，我們都不知道接下來會發生什麼事。

我匆匆進入劇院，只記得自己來看的是Ballet Preljocaj，我知道團長是一個出名的法國當代編舞家，知道今晚的四個舞者都從非常厲害的古典芭蕾舞團轉入，我在燈光暗下前的一刻看到了節目單上寫著：今晚的舞碼名稱叫做《Empty Moves（Parts I, II, III）》，靈感來源與配樂是John Cage的〈Empty Words Part I，II，III〉，使用的是一九七七年十二月二日——也就是「在米蘭的那個晚上」的錄音檔，除了音樂家的聲音，當晚觀眾的騷動，發出不滿的噓聲、嗚嗚叫、唱歌、拍手、腳踏地等等聲音，也都包括在內了。

我身邊坐著的是知名的舞者Belinda McGuire，開演前她熱情地說著教學點滴：「有的學生在教室表現超好，上了台就縮了，有的人平常普通，但是站在台上就發光發熱……」她的聲音隨著燈暗逐漸淡出，在幕起的同時，我猜想有多少人知道自己即將面臨什麼，老實說，我自己也不知道。

雖然老在抱怨，但我知道自己的品味也有點冷僻，有些作

品被視為洪水猛獸，對我來說卻美妙如畫，例如我喜歡帶點神經質、有點強迫症，音樂很快速的舞，例如我喜歡Gaga。

Gaga（跟Lady Gaga沒關係）是以色列巴西瓦舞團（Batsheva Dance Company）總監Ohad Naharin創始的一種特殊的舞蹈教學方法。以色列在國際政治舞台上，是一個超新國家，但卻背負了沉重的傳統包袱，Gaga也是，從成形到舞團成立也不到三十年時光，但他的技巧來自芭蕾的百年傳統，編舞的音樂、援用的象徵符號來自世界上最老的宗教系統。我喜歡快速而有張力的編舞，全民皆兵的以色列出產的現代舞團，總不會讓我失望，貝西瓦青年團簡直就是陸戰隊，而且是從恰恰倫巴到當代抽象音樂都能駕馭的特種兵，我對以色列青年的印象大抵也是如此，他們以斯巴達式信念自我要求，德智體群美兼具，在談話中從不避諱政治議題，而他們也隨時準備好要大嚼一場，那麼他們戰什麼呢？比較傾向猶太建國主義者，會強力捍衛以色列軍持有核武的必要性、或是堅持耶路撒冷是猶太人的，而自由派的以色列人，最討厭以色列總理（因為他真是無恥又殘忍），或是強調以色列不只是猶太人的，國內也有阿拉伯裔國民，巴勒斯坦人也應該擁有投票權等等。當然，如果你皮不夠硬、或是腦容量不夠的話，最好還是不要輕易提起巴勒斯坦問題。

但是來自以色列的國寶級舞團當然無法避免政治議題。

　　巴西瓦舞團與政治最激烈的一次衝突，是在一九九九年以色列五十周年國慶大典上：當時舞團受邀演出〈EJAD MI IODEA〉這支使用猶太傳統歌曲編的舞。大典前夜，彩排後，宗教領袖表示服裝太暴露，要求更換——在當日大典上，主持人宣布，今天巴西瓦將不會演出，此風波以色列各大城市掀起了各種反對政治干預藝術的抗議人潮。

　　二〇一六年，在某次義大利巡演前幾天，作曲家Brian Eno拒絕授權舞團使用他的音樂，因為他發現贊助單位是以色列大使館，而Eno公開支持巴勒斯坦擺脫以色列占領，演出受影響的消息一出，政治魔人與藝術粉絲當然又爭執了起來；作曲家不該把政治與藝術混為一談？有贊助舞團不拿是要喝西北風嗎？當年與宗教大老對著幹的巴西瓦舞團，難道已成邪惡政府同路人？

　　藝術若脫離了人的生活，那人怎麼可能理解藝術呢？創作者並不一定要在作品中展現他的政治思考，但是在創作的架構中應該表達他對政治的態度，即便是「離群索居」的行為本身也是一種（故意不理的）政治態度。無論是創作者，或是樂於思考的路人，請不要害怕政治，這個詞不屬於那些在節目上噴口水、硬要與工人一起吃路邊攤，或是在臉上抹泥巴假笑的人們；政治是個

人與這個世界的關係，那個舞者在台上與他的椅子、他慢慢脫掉的衣服，或是他隨機挑選上台共舞穿著鮮豔色彩的觀眾之間的關係，政治不只存在舞台上、燈火下，請切記，是這群肌肉健美、汗腺發達的身體；與燈光、音樂（或是沒有音樂的留白）、舞台總監、掃地阿姨、坐第一排半睡的文化部長、後台的女朋友男朋友、最後一排的舞蹈系窮學生、劇院外頂著寒風舉牌抗議的反戰人士，以及正在角落座席上搭訕別人的──你的女作家我，一同組成了這場政治活動。

一九七七年對著John Cage丟東西的觀眾回家後也照樣上床睡覺，也許其中有一些人又多活了四十年直到今天，Belinda撐過一晚瞌睡蟲又回到她繁忙豐富的舞者生涯，回家的路上依舊燈火輝煌、每個人都忙著生活，感謝這個世界沒有因為什麼存在問題而停止運轉，地鐵照跑、燈熄了還會亮，能進劇場是我的運氣，能好好出來，也算是一種福氣。

十月，加拿大年輕新總理賈斯丁‧杜魯多（Justin Trudeau）的勝選演說在網路上瘋傳，他那俊俏的臉、出身政治汙泥而不染的清澈眼眸、英法語雙聲道無預警切換的自在、他的腮幫子與自然鬈，還有比他更適合叫賈斯汀的人嗎──脫口秀主持人這樣問？沒有。他的競選演說有何魅力？就跟所有萬人迷男性走紅的魅力一樣，他會看著你的眼睛說：「你最珍貴。」

　　杜魯多的勝選演說全長二十四分鐘七秒，說了幾百次You與Vous，不是朋友們、同胞們，而是單數的你／您，他將群眾變成了一對一的私人好友，第二人稱有利動情──當然首先你得有點魅力，用第二人稱寫小說很難，寫得一整本第二人稱故事廣為流傳，名留青史，既好看又不討人厭的，除了偉大的卡爾維諾，還有傑伊‧麥金納尼（Jay McInerney）的《如此燦爛，這個城市》（*Bright Lights, Big City*），那是比google街景服務早二十年的實況轉播，而那個城市，就是紐約。

　　你在室友搬走之後整理東西，發現一本口袋版的《如此燦爛》，因為它好輕你就那樣放進包裡帶上地鐵，紐約地鐵肯定是世界上最髒最吵的、沒有之一，但那轟隆聲反而讓人容易沉浸在書中，特別當這本書每一個段落、每一個細節，都來自一名（有點才華、浪蕩不羈、模特兒老婆跑掉了的）雜誌社調查員在這個

城市裡的分分秒秒。你翻開這本書第一章，看見第一個句子：「現在是早上六點，你知道你在哪裡嗎？」第二人稱敘事小說並不是對話，而是代替你自白，讀著讀著，你就自然地開始對嘴照演，《如此燦爛》的絕妙之處，就是一書同讀、各自表述，同樣是早上六點，越是放蕩過的人，越是往事歷歷浮上心頭。

你想起曾經在早上六點，帶著強烈酒氣走在Meatpacking District，你甩頭發現頭髮黏膩、西裝吸飽了整晚菸味，過夜的溼氣即使遇上新鮮的朝露依然噁心，你聽見鳥叫，聽見生意慘淡的變妝妓女嘆息的喉音，幾名徹夜不歸的少女帶著暈染的眼線過了馬路，你體內累積了過多的酒精，混合著知名與不知名的粉末與藥丸，這是一個冬天的早晨，你不覺得冷，只是空虛，你多想一屁股坐在人行道上歇一會，但想想昨夜有多少人在這道上做過什麼，你又作罷，一夜過後，徹底消耗掉所有可消耗的，筋疲力盡又毫無遺憾的早上六點，這是一種男人才會有的悔恨感，有點浪漫。

坐在橘色座椅上看完第一章，你抬頭看著車廂中的人臉，想著這個城市多少人為了一小時十元的工資通車一小時去值夜班，又有多少無人看管的年輕靈魂活在這個充滿誘惑的大都會中，看到車廂內的公益廣告寫著：「現在是晚上九點，你知道你的孩子

在哪嗎？」二〇一五年的紐約還有第二人稱的浪漫嗎？有的，你在第十大道一處電線杆上看到了，一張黑白列印的A4紙上這樣寫著：

LGA機場計程車招呼站──四月十二日星期天晚上九點四十五分

你住在十九街與第十大道口，四月十二日星期天在LGA機場排計程車的隊伍中站在我的後面，我們交談了幾句話，操著不同的口音。你大約六呎高，深色頭髮，褐色眼睛，三十歲後半到

四十歲出頭，我五呎七吋，纖瘦、深褐色頭、穿著一件紅色外套，行李箱上擱著一件紅色救生衣與白色帆船包。

你問我要不要共乘一台計程車，很驚訝，我拒絕了，我當時應該答應的。

如果你想再見一面，喝咖啡或是散步，請傳訊／致電 917 407 7071

拍了一張照片，猜想這是真的假的，如果是假的，對誰又有什麼好處？是文學實驗？是惡作劇？或是一個不服輸的老派戀愛分子？

午夜十二點，夜生活的尖峰時段正要開始。明星加持的舞廳都在附近，例如蕾哈娜（Rihanna）持股而且常現身的Up and Down是大熱門，你會想明星同台競舞聽起來很帥，但實際上你是跟明星與她的八個保鑣同台，這時拿出手機自拍可能會被強制刪除，因為你肯定是在偷拍明星。無視網路負評，年輕人（或沒那麼年輕的人）如你，依舊在店外列隊等候，接受門衛的顏值評鑑，要是你夠格進入，則恩准你上繳入場費、訂桌費、開瓶費、以及拿

出一張足以支付隨行所有女孩消費的信用卡，付出這一些到底為了什麼呢？——要是到頭來一無所獲，只剩下你與這座城市，那才是真正的浪漫，你想。

你想起早上看過的新聞，附近高級公寓的大廳裡，一名女人在睡夢中死去，警察發現她其實是二十哩外的家庭主婦，你知道這個城市每天都上演這樣的戲碼，有時出門是為了得知新鮮事，有時出門只是為了驗證現實就是那麼荒誕。

以下推薦Chealsea／Meat Packing 安全而優質的觀光景點：

The Highline 高線公園

建在廢棄高架鐵路上的公園，北從河邊的十二大道三十四街起，南至十三街以南的Gansgroove街，在第十大道與十七街口有一個名為「城市戲院」垂掛在大馬路上的觀景盒子，可以坐著俯視車流。

The Highline Hotel Bar 高線公園飯店酒廊

古蹟城堡改建的飯店酒廊。

Chelsea Market 雀兒喜市場

各國美食、特色食品的精緻市集。

The Half King 半冕王

由小說家、記者、電影製片三人共同經營的餐廳間酒吧，每周舉辦不同的文學講座。

Gallery Openings 週四開幕夜

　　肉品市場區藝廊布新展的開幕酒會通常會在星期四晚上六到八點之間舉行，到時路上會擠滿了人，也有一間一間蹭酒喝的學生，跟平日的冷清形成反差。開幕列表可以在Artnet網站查詢。

Martha Graham Studio Theater 瑪莎葛蘭姆舞團劇場

　　現代舞之母瑪莎葛蘭姆舞團的新據點也在肉品市場區，舞團固定在自己的主場舉辦Studio Series，有時是新作品的預覽，有時是體驗課程，非常值得一看。

5

West Village
East Village
Lower East Side

[Walk]
West Village

東村、西村、太陽依舊升起

哦，東村，那麼多人講的一嘴好東村，實際上，誰都沒老到能見識過那美好的舊時光。

真正的七○年代村民告訴我，那時東村又窮又爛又危險，藝術家們充滿了飢餓感與破壞力，垮世代（Beat Generation）的作家們在此墮落、Keith Haring在溼熱的地鐵站隧道牆上畫圖、Jean-Michael Basquiat高中退學被父親逐出家門，轉往就讀西村的特殊高中City As School，瑪丹娜（Madonna）、艾倫·金斯堡（Alan Gainsbourg）與傑克·凱魯亞客（Jack Kerouac）、Iggy Pop、Ramones兄弟、Lou Reed都住在東村，當時的他們看起來一點也不經典，想想Sid Viscous曾經搞過的事，如果他走進我開的店，我肯定要報警的。

然而現在當你坐在村中央——華盛頓廣場公園，你看到四處樓房上掛滿NYU旗幟，這個知名的大拱門，一直以來都是村的圓心，沒有校園的紐約大學NYU，把此地當作他們聚集蹓躂的場所，與其說它是廣場公園，不如說它是公園廣場。在電影《我是傳奇》裡面，威爾史密斯每天晚上鎖緊鐵門的家就在華盛頓廣場北側，當變種人從南面大舉進攻，蹦蹦蹦狂奔越過公園只需要幾秒的時間。

無論是第一次或是第一百次進村，大家都知道到村裡就要看

表演。白天晚上，在公園廣場中央、或是巷底各種狹小擁擠的酒吧裡，幾十場音樂、戲劇、單口相聲同時上演，連山西果農觀光團都知道要求導遊帶到Village Vanguard聽歌。當紐約人說我要去村裡，他指的可以從曼哈頓正中央聯合廣場到華盛頓廣場公園之間、SOHO以北Chinatown西北，甚至再往西到緊鄰的字母城A、B、C、D大道的任何一點；意思是說，「去村裡」是一個籠統的概念，它雖然講的是位置，但它代表的不只是位置，還有一種「我現在要去做一件有文化氛圍的事」的意味。回想記憶所及每次依約到村裡，總與表演或「單人喜劇」（Stand up Comedy）有關，甚至還有一次去了間叫KGB的二樓酒吧，在伸手不見五指的房間裡聽了詩歌朗誦，會後對方問我覺得表現怎麼樣。

「不怎麼樣。」我老實說。

那人很生氣地跟我分道揚鑣，由於各自對品味的堅持，兩造就這樣不歡而散。

是的，選擇眾多，當然是令人愉悅的事，但也因為選擇眾多，選到地雷的機率也變高了。

幸虧紐約是一個不容許重複與單調的地方，每個表演場地也力求發展獨特的風格，只要用心做好事前調查，地雷是可以預防的。

華盛頓廣場周邊正式的稱呼是格林威治村（Greenwich Village），也就是巴布·迪倫（Bob Dylan）歌詞裡紐約的主體，這裡就像是名人堂裡重量級名人當初都上過的幼兒園，在他們滿懷夢想與焦慮、口袋空空、胃袋也空空的年紀來到紐約，他們都在格林威治村，他們都互相見過，有些成為朋友，有些變成情人，有些永遠都是敵人。

　　他們怎麼會都認識呢？當我們列數在成名前曾經混跡村裡的文學名人、影視巨星們，容易一不小心就搞錯前因後果，彷彿這些人當年知道自己日後會成為大牌，特地從各地奔波至紐約集合，訂立「未來巨星條約」成立大會，並且相約以後要成為經典被後人傳頌……並沒有，當年那些人都聚集到村裡，只是因為窮得要死，而村裡不但有很多演出機會能賺（酒）錢，而且酒吧又多又便宜，賺到的錢很快就花掉了，然後只好再去求演出機會。「一起混」是音樂圈主要的文化活動，要建立默契、取得互信、進而得到演出機會，新人必須融入一個群體，必須一同度過無數個不知盡頭的夜晚，在酒吧沒有低消也不禁菸的當年，在村裡擺滿空杯的吧檯邊、吸滿菸臭的沙發上，那些還不知道自己會成為經典的藝術家們，在村裡與各種人相遇：未來五十年事業夥伴經紀人、樂團解散後重組第三次的第二個鼓手、下一任前妻兼孩

子的媽、重量級小說主角的原型、或是讓你拍出傳世照片的女詩人。

今日格林村廣場上沒有變種怪物，人類卻多到爆炸。垮世代（Beat Generation）已經遠離、瑪丹娜早搬去上東區豪宅、早逝的Basquiat身後作品拍賣出美國最貴天價一億一千零五十萬美金，公園長椅乾淨如新，四面房價高漲，但老街坊正為噪音苦惱，這不到四公頃的小公園吸引了大量樂手較勁，從早到晚音量不減。

村裡不只有看表演與喝酒兩件事可做，西四街車站旁有一個籃球場，幾個停車格大的空地改裝而成，塞下兩個籃框做了一個全場之後，觀眾席就窄到不行了，於是觀眾只好站在人行道上，隔著籠子觀看，被村民暱稱為「The Cage」。籠內每天從早到晚比賽不斷，球員們跟那些對抗十點收音令的音樂家一樣勤奮不歇，遠看人潮聚集在水銀燈下隔籠吶喊，好似正在觀看血淋淋的格鬥大賽，事實上這裡球賽的激烈程度不輸地下拳賽，因為排隊打球的人太多，只要被淘汰過一次，大概很久都回不了場上，球場下是超老舊的地鐵轉運站，第一次來到這裡地的觀光客一出車站，就被夾帶著咆哮的吶喊聲震撼住。光是出站的第一個街角，就是Blue Note藍調爵士餐廳，幾步路內，已有夠你玩上幾小時的景點，這條街上店鋪密集，路邊停車滿格，街邊經常堆積廚餘垃

圾，店面看來不起眼，夏天裡味道還不太宜人，但請千萬不要退縮，因為，村裡的餐廳酒吧都有後院！

離開格林威治村，繼續往東走，半小時內就會走進東村，東村的中央是Astor Place圓環，這個圓環上曾經有紐約最大的淘兒唱片行（Tower Records），你若問我「CD是什麼？」，我無言以對，但話當年有其歷史價值，世紀交替前後，這裡的St. Marks街（第八街的一段）是紐約最早帶動拉麵、煎餃、串燒等日式平民飲食風潮的地方，如今這條短街上不但日式居酒屋眾多，連泡沫紅茶都有，這都不稀奇，當前話題最熱的是幾間Speakeasy，這個詞來自美國禁酒時代，偷賣私酒的地方（還有別稱叫做Blind Pig或Blind Tiger），既然是走私酒風格，找不到入口也是剛好而已，這種店不接受訂位、門禁森嚴、沒有店面招牌、必須按門鈴進入，以各種繁複的自創雞尾酒著名，Please Don't Tell的入口是隔壁熱狗店裡的一個電話亭，而要去Proletariat得經過包子店，其中名氣最響亮的是位於東村橫丁（並不是真的橫丁，是一個室內美食街）的Angel's Share，這些店主非常聰明，用製造話題的方式省下店面的租金，在網路媒體時代，這些很難找的「祕密基地」早就不是祕密，不接受訂位、不收四人以上團客、店外總是有人等候──都只是因為店內空間真的很小。只有話題當然不夠，這些店的調

酒真的非常好，卻也不便宜，我在東京聽過這樣的傳聞：全世界那種等級的調酒師就那麼幾個，他們都是日本人，而且都在這幾間店之間飛來飛去……我聽著這種神話傳說，一邊啜飲著獨家特調the Smoke Gets in Your Eyes，覺得更加好喝了。

從東村往南走——不知道南邊在哪？太容易了，街道數字變少的那一邊就是南邊。直到街道名稱開始數完，變成各種複雜的名字時，你已經來到了下東區。

大約十多年前，下東區有很多Dive Bar，就是那種採光不良、裝潢簡陋的酒吧、大白天裡鬱悶男子坐在吧檯邊，盯著一杯已經暖掉的威士忌看，吧檯後的酒保也好不到哪去，他們的表情了無生趣，很像因為酗酒問題被停職的警察（有些真的是），酒吧裡老舊的擴音喇吧，撥放著不再流行的搖滾樂，然而那種地方，一到周末夜就會突然充滿青春活力，因為貧窮酒量又好的年輕人大批湧入，我是在下東區學會Bar Crawl這個動詞的，跟著比較內行的前輩，從這個便宜酒吧換到下個便宜酒吧，那時手機沒網路（廢話），所以很多人都只知道酒吧的位置不記得名字，而物換星移一陣之後，很多地方也只剩名字相同，原本以五元Martini出名的Max Fish變成了一間設計師情調小店，The Ludlow從刺青辣妹聚集的半地窖酒館變成高級住宅樓，Avenue A上有一個很小的場地

叫做Berlin，經常發掘默默無名的小樂團，本來小場地小樂團就是一家親，不過在苛薄的網路時代，只好忍受嫌棄場地小又熱的網友給它2.5星評等。

周末的下東區熱點不只在室內，人行道上也有很多戲，有各種搭訕、偶遇、或者一起排隊等聽Band的人龍，Mercury Lounge曾經是一晚十美元聽四個樂團的價位，Bowery Ballroom則是更正式的表演舞台，經常作為發片表演場，這些地方到現在都還繼續營業，只有CBGB已經不在。下東區曾經孕育出龐克搖滾，一九七三年開張的CBGB被認為是紐約龐克搖滾最重要的溫床，我造訪CB時已經是二〇〇三年，龐克搖滾已經死了很久了，那是一個沒有窗戶、陰暗無比的狹長表演空間，天花板與每一寸牆面被三十幾年分的壁報與塗鴉層層疊加，廁所也是世界級的髒，馬桶被鼻涕質感的可疑薄膜覆蓋著，搖滾樂的歷史不長也不沉重，只是不合時宜，在二〇一一年因為租金暴漲糾紛而關閉之後，這個地點成為一間男裝店。

無論潮流如何衝擊，無論喝得多醉，人總是要吃飯，到頭來，每個人都會在二十四小時營業的Katz聚首；這是一家傳統的猶太醃肉食堂，當年成為熱門景點，是因為在《當哈利遇到莎莉》這部片裡面，莎莉在餐廳裡假裝高潮的經典畫面，就是在

Katz拍的，但最近幾年我都不太提這個典故了，因為年輕的朋友都沒看過這部片（嘆氣）。進門時，大叔會給你一張票，在櫃檯前點完肉自取時，夥計會在你的票上作記號，出門時一併結帳——這裡要特別注意，這張票不能弄丟，即便是空白票出門也得繳回，不然得交五十美元（！）罰金。吃個消夜不想那麼緊張，那就去不遠處的粥之家（Congee House）吧，其實下東區離Chinatown近到不行，就算在美國住久了，我肚裡酒精度過高時，還是想吃湯湯水水的粥麵。到了粥之家，Chinatown也就一街之隔了，看過數十、數百部電影裡的各種場景，原來就在幾公里的街區之間緊緊相貼，所以一條街你可以花十分鐘逛，也可以花上一整天，還有不少人耗上大半輩子，從來沒有出過下東區。

下東區是「紐約俗」密度很高的地區，在這裡長大的人，有很多從來沒出過國，甚至沒有去過外縣市，這裡什麼都有，而且只要站在路口，就會遇見來自世界各地的人。

有一個更加極端的真實案例。

兩年前，有一部叫做《狼群》（The Wolfpack）的紀錄片，記述了七個孩子——六男一女在紐約東村一處門窗都被封死的低收入公寓裡，過著與世隔絕、足不出戶的日子，在反社會人格父親的限制下，沒有上學、沒有朋友、禁止離開家門，唯一的自由，

是他們可以毫無限制地重複觀賞從市立圖書館免費借出的電影DVD，他們從小到大反覆觀賞那些在紐約拍攝的電影，不知道那些風景就在自己的窗外門外。

紀錄片導演無意中發現這群兄弟，六人長髮及腰，皮膚慘白，穿著黑色西裝、戴著雷朋墨鏡，像是昆丁塔倫提諾電影中的人，他們的年紀是青少年，表情是兒童，對世界的瞭解程度像嬰兒。隨著他們的體型逐漸茁壯為成熟男性，父親的鐵幕統治逐漸放寬，他們偶爾能夠出門，但總像狼群那樣一個挨著一個緊緊相隨，他們看著眼前的下東區，這個他們從電影裡反覆觀看熟悉到不行的風景──「哦哇，都變3D了。」其中一個兄弟說。

也許每個外地人第一次到紐約，都有那種電影中的場景突然立體呈現在面前的驚奇，而伴隨著驚奇而來的，是現實的重擊──重複一遍：重擊！最普遍的例子就是：到了紐約才知道，電影裡看似簡樸的公寓，在紐約標準裡，簡直是奢華豪宅，例如某千金小姐因為家道中落而搬進閣樓公寓，那間公寓看起來沒什麼，實際上在紐約一個月的租金是三千美金。你覺得一個月一千美金已經很貴了嗎？一千元也許在東村能租到公寓，但你可能得穿越廚房才能洗澡，或是窗戶正對著咖哩餐廳的排風口。

那我的人權算啥呢？你可能會這樣問。

租房仲介會聳個肩、看一下手錶，都幾點了你還在講人權，你不要，還有很多人要租。

這時你終於明白為何電影裡，義大利黑手黨呼風喚雨，但是餐廳永遠那麼擠，桌小盤大，有些大佬胖到肚子放在餐桌上，還吃得津津有味，吃完還能不知道從哪拔出槍來殺人，因為紐約的店面就是那麼小！小義大利被中國城包夾，伊莉莎白街寬度差不多六十公尺，每周末封街擺攤，樂隊、美食、熱情招客的義大利服務員占滿了人行道，《教父》電影裡遊行隊伍裡的槍殺就在這條路上，而家族聚餐的餐廳則在隔壁Mulberry街上的BAR（餐廳就叫這名）。

我經常在中國城吃完飯後，到小義大利喝咖啡，才走幾步路街景便完全變了，真是最短的國際旅行，而那些在中國城洗碗、在後門台階上抽菸、或是與另外八個人同住一間臥室的打工者，又經歷了什麼樣的國際旅行呢？現在許多來自歐洲的交換生，紛紛住進中國城那些格局詭異的公寓，對他們來說是一種特殊的異國情調，且住得離村裡近，深夜酒醉後回家十分方便，但我卻想，原本住在中國城的，只有那些會在防火梯上曬發黃內褲的大叔、或是拿著紅色塑膠袋裝幾十萬現款去銀行存的老太太、或是一早就站在職業介紹所的鐵門外排隊等臨時工的老鄉的，這下他

們去了哪裡呢？

　　在十年激烈的都更清洗之後，少數殘存下來的店鋪一一成為懷舊文化保留區。有一個叫做Delancey的三層樓歌舞廳，在我小時候是時髦的，但現在已成懷舊場所，這就是歲月啊（聳肩），但沒關係，過氣的地方有個好處，就是消費便宜，而且不擠。某個炎熱的日子我去到Delancey，門口有張轉不動的高腳椅，一名半睡的小哥坐在上面，那張椅子對他來說太小了，我踩著褪色後變成的橘毯走進門，哥連眼皮都沒抬一下，進入第二道門，寫字檯邊空無一人，這時一名男子從黑暗中出現拍了我一下，查了我的ID，之後他又加入那群稀落的觀眾，觀眾二十幾人左右，與其說興奮，不如說為了不傷表演者的心，努力的表現熱絡。Lazy Bones Burlesque──懶骨頭歌舞團，我走進去時，全身掛滿羽毛的Go Go Girl正一邊跳舞一邊把亮片裝一件一件脫掉，豐乳肥臀突然降臨，害怕孤單的人今晚齊聚在此不怕沒伴，然而閃爍的霓虹掩蓋不住皮膚上的皺褶。

　　看歌舞團就是這種感覺，有點興奮，又有點傷感，歌舞女郎總是中等漂亮、豐滿的身材充滿普世情慾感，沒有距離感，是真女人，而且是住在隔壁的真女人，你追得到的那種。她會唱歌、會跳舞、可能還會特技，能養活自己，但她不會遠走高飛去大城

市闖一闖、她不會把自己的夢想看得比家庭重要，那種「我的工作就是讓你高興」的態度，令人放寬心來樂在其中，大家都開心。歌舞廳裡，不只是男人調戲女人，女人也調戲男人，人稱「歌唱女妖」的歌劇女中音Shelly Watson負責控場，她豐滿豪邁，踩著超高細跟高跟鞋屹立不搖，她先拿自己身體開了一陣黃腔，再把現場從音控、酒保、觀眾各位男子全部調戲一輪，讚美幾位女士的造型之後，打開鐵肺在旋轉的霓虹與鏡球下唱了幾首充滿感情的老歌，謝幕時，她像媽媽桑一樣敦促觀眾多給小費，女郎們像科學小飛俠般排排站好，穿著三點式服裝，拿著鐵桶，那種可憐的模樣令人不忍，可惜這不是真正的紅包場，但拍手可能已是今晚觀眾可以給的最高限度。

同一時段，同一場地的地下室，正在舉辦芙烈達慶生派對，開放使用各種方式慶祝，模仿芙烈達、帶著畫具跟顏料到現場畫芙烈達，或者到現場畫別的東西，也可以人來就好，打開門，迎面襲來的音樂是九〇年代嘻哈金曲──雖然不知跟芙烈達啥關聯──，但這音樂很好跳，扮成芙烈達的人們都在舞池中拚命扭動，還有一個芙烈達渾身是勁地在地上Breaking，四周架滿正在進行中或是剛完成的油畫、水彩、壓克力，有芙烈達投影以及紀錄片播放，芙烈達死後六十二年，我在意想不到的地方跟陌生人一

起跳舞，在舞池邊，有一個義工免費幫我來了一段馬殺雞，我一邊想著紅包場的事，一邊逐漸在震天響的嘻哈音樂中打起了盹。

　　像這樣擁擠而粗糙的場合，下東區有幾十間，來自全世界的年輕人在夜裡相聚，排解徬徨，我問一個法國交換生，接下來去哪裡玩？她說Pianos，原因是「那裡有便宜的Margarita。」看來有些事情永遠不會變，便宜而大量的酒精才夠消耗青春，這時近午夜時分，連接威廉斯堡大橋的Delancey St.已經開始堵車，Uber司機的到了這裡脾氣特別壞。

　　我走下地鐵站在熱氣中等候列車，地鐵F雖然車班少又經常改道，但最大的優點是Broadway-Lafayette到Delancey之間容易遇見優秀的街頭爵士樂手，有時美好的音樂只能偶遇不能追尋，這次遇到下次不知何時呢？從月台上透過鐵框看得見路面上的下東區依舊沸騰，年輕人在那裡把最後一滴汗水、最後一度酒精、最後一點真情都燃燒到底，每日每夜直到凌晨四點，然後過幾小時，太陽依舊升起，酒吧經理把小費分完，將帳簿闔上，走出店門，看到清潔大隊來了，想著要在上班人潮淹沒地鐵車廂之前，趕緊回家睡覺。

East Village

終於糖果店的非虛構散步

二〇一四年底，我搬回紐約。離開了北京，離開了柏林，結束了事務所，承受著完書後的「產後憂鬱」，在紐約暴雪中，對未來感到茫然。

　　茫然歸茫然，沒有收入令人坐不住，每到青黃不接時，感謝我還有翻譯這口鐵飯碗。出版社說有一本重要的書需要人翻譯，請我先試譯一小段看感覺如何，我看了書名——《最危險的書》，覺得還真囂張啊，我要我要！試譯的部分是第七章的開頭，講到紐約大牌律師、藝術品買主約翰·昆恩的生活，書裡提到他緊鄰中央公園西面的住所、窗外的景色，就離我當時暫住的公寓不到一英里遠，雖然居住水準完全達不到他的零頭，但街景不但相同而且是免費的，曾在此區住過四年的我，對於這段文字提到的每個角落，我都知道的分毫不差，這一定是誰（誰？）要給我的暗號！

　　決定翻譯之後，我就找到了作者凱文（Kevin Birmingham）老師在哈佛的email寫信告訴他，我是你的中文版翻譯。他回信說，有很多相關文件在紐約，所以很多研究是在哥大的Butler圖書館進行的，我回他說，看來最危險的翻譯會跟最危險的書在差不多的地方進行，因為我當時租的是哥大研究生的公寓，離圖書館走路只需三分鐘。

然後我就先不管這事，直到排定開始翻譯的日期，六月初，凱文老師在紐約協會圖書館（New York Society Library）朗讀，那是一棟古蹟建築，圖書室華麗的窗外，是上東區洗鍊高貴的街景，牆上掛滿肖像油畫，書架上有珍貴古書，我一身汗地坐在一排古版李文斯頓遊記前方。朗讀完畢，是問答時間，一位優雅的年長女性（參加的大多是閃耀智慧光芒的年長女性，讓人不禁聯想到當年的尤利西斯也是憑靠許多知識女性的愛戴才得以降生）站起來說道：

　　「我這不算是問題，是一個故事跟大家分享。我曾經是摩里斯・恩斯特律師辦公室的職員，也就是辯護尤利西斯的事務所。」她娓娓道來：為了推進言論自由努力不懈的恩斯特律師，在一次庭審時，為了說服眾人說「fuck」這個字不是犯罪，他的策略就是在結辯中不斷地說fuck，每句話裡都加進fuck一詞，到了最後，陪審團聽fuck都聽到習慣了，習慣了之後，覺得這個字也沒那麼嚴重……。

　　這段法庭紀錄應該找不到了，凱文說，那個年代連文學作品中提到放屁都會被禁，怎麼會有法庭把那麼多個髒字記錄下來呢。我說，但是這個人在這個地方告訴我們這件事，所以以後還會有人記得。

「電影版權賣出時，可以請你跟他們說，拜託找馬修‧麥康納演恩斯特律師好嗎？」我說。

「他長得像嗎？」

「你看，在全片高潮處，來一段充滿幹字的六分鐘單鏡頭獨腳戲，這不就是麥康納專門做的事嗎？」

他哈哈笑了幾聲，我猜他心裡有別的人選。

我問：「變成暢銷作家之後生活有什麼變化嗎？」

「其實會暢銷，只是因為《紐約時報》寫了一篇書評，本來沒有預期多賣的，畢竟是文學書，」他說：「除了巡迴打書也沒什麼不同，出完書之後還是照樣讀書、研究、上課、寫作。」

「我可以了解。本來生活就是這樣的嘛！」

可能是凱文跟我年紀差不多，口語世代相同，還有他的寫作方式簡潔而率直，我一開始翻譯得很快很順暢，但是到了第二部的時候，我就陷入撞牆期，進度緩慢而艱難，這時凱文剛好來紐約，據說是來幫一名外出的朋友顧貓，會待在曼哈頓東村幾天。

那時我已經從曼哈頓搬去布魯克林，於是最危險的翻譯，並沒有在哥大圖書館進行，而是在布魯克林跟曼哈頓各處的市圖分館，那天我到了東村附近，就發了簡訊給他，說我在九街跟第六大道交叉口的Jefferson Market分館。

他回簡訊說：「那間就是第一次審判尤利西斯的地方，原來是法院！」

這間圖書館正中央二樓是宏偉的閱覽室，明亮的陽光透過彩繪玻璃灑落，神聖磊落，但樓梯井則是附設監獄的高塔，從遠處看，那座高塔在曼哈頓下城的樓房群中十分顯眼，地下一層則是地牢改成的期刊閱覽室，裡面雖然燈火通明，但寒氣逼人，低矮的天花板給人強大的壓迫感，左右兩邊磚砌的通風口上還留有鐵條，期刊依序排列，當你拿起當期的《紐約客》雜誌時，總覺得有股陰風吹過，難道這本已經「有人」在看了嗎？

曾經沾過許多怨恨與血淚的牆面已經刷洗乾淨，一樓兒童室前還停滿了嬰兒推車，旋轉樓梯上有陽光從彩繪玻璃灑進來。我在閉館後的圖書館前階梯上等凱文。我說第二部開始翻譯變慢了，他問為什麼呢？我也不知道。

我們直接穿越第六大道去對面的French Roast餐廳喝咖啡聊天。

不只是初審法院在這村裡，當初刊登喬伊斯作品的小雜誌本部（就是某人的公寓而已）、還有偷賣尤利西斯而被抄的書店舊址也都在兩條街外。

「你覺得一百年後，會不會有個書呆，在中國到處爬著電

腦檔案,然後寫出一本書講二十一世紀的言論審查抗爭呢?」我問。

「應該會。」他說。

回家之後,又翻譯了幾頁,我突然明白了,寫信給他:

「我知道為什麼變慢了,因為尤利西斯它本人出現了啦。」

在第二部開頭,喬伊斯正式開始寫尤利西斯,這本天書花了喬伊斯十年,這段期間內他流亡異國、赤貧、半瞎、中間還打了一場世界大戰,要描述這位作家的生活,這本占去他人生大部分時間的書就不能不引用,凱文老師開始整段整段地引用尤利西斯內文。

他回信說:「哦,哈哈,那大概之後的章節也好不到哪裡去。」

翻譯工作在盛夏進入第三部,這時我剛好在備考,陰錯陽差地同時在浩瀚的英語詞彙之海中進行這兩項腦行程重訓,一開始我深感吃力,但隨著第三部翻譯工作進入最後的高潮;「美利堅合眾國對尤利西斯大審」,我突然開竅了。

天下武功出少林,人類艱難不出尤利西斯,在準備應試作文的過程中我發現,無論考試當天拿到什麼作文題目,你都可以用喬伊斯的人生舉例,這個例子既有高度,又有深度,而且管得很

寬，從戰爭到愛情、罪惡與信仰、自由與限制、病痛與欲望，尤利西斯是貨真價實「人體的史詩」。

在完成倒數第二章，美利堅合眾國控告尤利西斯一案，我開始覺得依依不捨，於是我故意放慢了步調。某天剛好去圖書館取書，想到審理此案的地點不就在兩條街外的律師會大樓嗎？我走過去，那歷史古蹟的外牆翻新之後亮晶晶的，樓下還有昂貴的骨董藝品店，我推開大門走近前廳，拱頂四周畫著幾位法官的頭像，上面標記著他們的姓氏，我拍了一張漢德（Hand）法官的頭像，傳給凱文老師，我說「不知道這是哪個漢德法官。」

他回說：「這是朗尼，比較重要的那隻手（Lerner Hand），畫家很客氣把他眉毛修淡了點。」

這條街上每天匆忙路過的千百人，誰會去記得上個世紀某個大法官的長相呢？誰知道這些撲克臉黑長袍的大爺們用雙手推了時代一把，所以我們現在會在這裡。

同樣的，一百年後的二〇一五年，某些穿著長袍板著面孔的大法官先生女士，又帶領美國往前進了一小步。六月二十六日，美國最高法院裁定同志婚姻全美合法化許多人為了表示祝賀，將facebook的頭像彩虹化（導致我在傳私訊的時候經常搞錯對象），換頭像儘管是錦上添花，但因此讓代表LGBT身分認同的彩虹旗

達到史上最高的能見度，這是LGBT平權運動里程碑的一筆華麗數據。正當這令人鬆一口氣的時刻，我在心裡默默懷念那些逝去的跳舞聖地，當道貌岸然的世界將同志視為牛鬼蛇神的時候，有那麼幾個超讚的樂園敞開大門，給了鬱悶的大家一個活下去的重要理由：用力地跳舞，快樂地愛，這個地球上，有我的容身之處。

我想起村上春樹的名作《舞・舞・舞》，或者正確地說，是譯者賴明珠呈現的村上春樹文字：「不過只能夠跳舞。」羊男繼續說？「而且要跳得格外好。好得讓人家佩服。這樣的話或許我就可以幫助你也不一定。所以跳舞吧。只要音樂還繼續響著。」大家都說多年來，譯者賴明珠的文字已經創造了另一個村上春樹，雖然跟原本的村上春樹不是同一個人，但也不能說不是他本人。

我在九月底星期天的晚上結束了《最危險的書》翻譯，放下這本書，月亮從雲後露面，我上網看了一集日本綜藝節目「男女糾察隊」，他們講了很多淫穢的事情，好笑死了。我回家後寫下這段話：

「在翻譯本書的旅程盡頭，帶著如釋重負的懷念，我好像對文學與人類的未來，又燃起了多一點點希望。」

這一點點的希望支持我又多走了快一年。隔年的五月底，得知凱文老師得到Truman Capote大獎，這個獎紀念的是以《第凡內早餐》出名、並創造了非虛構小說體典範的紐約人柯波帝，一年只頒給一位寫作非虛構作品的作者，二十年來，這是第一次頒給才出第一本書的作者。我說，你看我說你是天才吧，這時《最危險的書》繁體中文版的出版日終於到來，我代轉台灣編輯的信跟他邀一篇中文版特別序，他答應了，但是不太確定地問我：是否可以盡量針對政治現況發揮，還是應該全部避免，或者只提美國的黑歷史就好？我跟他說，台灣版的話，講什麼都可以的，於是他就一步到位地寫到了「艾未未」這個名字。不過多年名列敏感詞榜首的「艾未未」，去年已經被解禁了，我也不好意思告訴他，這一本由哈佛才子寫的文學傳記，雖然滿載二十世紀眾文豪祕辛（比如說：喬伊斯每天在酒吧喝醉就跟人吵架，一打起來就會大喊海明威來揍人），又有《紐約時報》、《經濟學人》選為推薦好書，但是在台灣這個出版自由的國家裡，當代經典可能還得面臨另外一層審查：那就是反智的、窮酸的、充滿官腔的——商業審查——，也就是說，大家根本不怎麼看書了，這些那些很重要是經典，都只是嘴上說說、臉書轉轉，如果他對一個自由國家的書籍銷售量有所期待，他有可能會失望喔。那天，正好是二

〇一六年的布魯姆日。

轉眼又過一年，當凱文說他又要來紐約時，我才發現竟然又到了布魯姆日。每年在Symphony Space劇院裡有長達五小時的布魯姆日文學接龍，今年邀請凱文受邀開場，聽聞當他說出「大家好我寫了一本書叫做《最危險的書》。」現場滿滿的喬伊斯迷都歡聲雷動了──當然這是我聽來的，我並不在現場，當晚我正在距離Symphony Space二十分鐘車程外的喬伊斯劇院──名字只是巧合，是出資者女兒的名字，跟文學家並沒有淵源。

次日是週六午後，我到布魯克林Clinton Hill區的Speedy Romeo與凱文會合，聽說要去那裡見，我便猜想應該是約在有小孩的那家人附近吧。Clinton Hill的房價最近五年內暴漲，許多家境富裕的知識份子（或者說有讀過書的人）舉家遷入；對那些只缺時間、不缺錢的年輕爸媽來說，周末唯一的願望應該就是到間離家近、氣氛還不錯的餐廳去坐一會，一間標準的Clinton Hill餐廳是菜單上有大人小孩愛吃的菜、有爸媽要喝的酒，座椅寬敞可以讓小孩躺著滾、廁所最好是在一樓、還有桌子夠多，吃喝完了還能繼續坐著聊天──通常帶小孩的人不會想做任何坐著聊天以外的事情。

那天下過一場暴雨，之後的晴天涼爽得不得了，在餐廳見到的是凱文的大學同學，其中一位帶著先生跟兩個孩子，到了即

將散會時，在我幫老同學們合照的同時，那位來陪襯的先生非常順暢的到櫃檯把帳給結了，這些成家立業者的成熟大人行為，每每都讓我覺得有點感嘆，留下來的三個人：兩個作家、一名編輯──完全是不同世界的生活型態。

J是紐約雜誌的資深作者，出差對她來說就是去坎城看一大堆電影然後幫雜誌寫文章，如果有機會真想跟她交換人生一星期。但最讓我驚訝的不是她的工作有多棒，而是她接下來開始跟我抱怨的事情。她說很久以前曾經有人來訪問她祖母，在台灣出版了傳記，但她後來看了英語翻譯本，發現裡面張冠李戴、甚至一句直接引用祖母的話都沒有，她一直想要找出當年訪談的錄音帶來一探究竟，到底是哪裡出了問題。

「她祖母差一點就得到諾貝爾獎了。」凱文補充。

諾貝爾文學獎最近有哪個美國籍女性入圍過？我在空蕩蕩的腦袋裡絕望地搜尋。

結果不是文學獎，是物理獎啊。

「你祖母是吳健雄？！」我震驚地倒退三步。可能母親那邊的基因太強了，我從一開始就沒把她跟華裔連在一起。物理界第一夫人吳健雄後代對已出版的暢銷傳記內容不滿，這還得了，我馬上google了一下，發現是當年的報業巨頭出的，還查到當年的傳

記作者多麼有心，特地在吳健雄家附近租屋住了三年，就是為了把這本傳記寫好。

「等等，還不知道是傳記本身有問題，或是英譯本翻得不好對吧？」我說，「要是你兩本書都有，下次我幫你檢查一下。」

「對，也許是譯者的問題。」凱文說。

「你知道，大家說翻譯得好，其實大多是譯者寫得好，像凱文覺得我翻得好也是沒根沒據的，只是因為我很好笑而已。」

「嗯，」凱文嘆口氣：「說不定我的書中文版有半本都是Nadia（就是我）自己寫的吧。」

先不管案情，因為地鐵G線上半條線停駛，我們決定放棄前往皇后區，改道參加J的朋友在下東區的小聚會，在Brooklyn搭地鐵經常要繞路，雖然只是一橋之隔，但得先搭乘沒停駛的那半條G線，往南到了Carroll's Garden轉F線往曼哈頓。

一出地鐵站，一滴從天花板落下的不知名液體就降落在我的臉上，我趕緊抹掉，J說：「不要多想。」太深究這個那個是什麼就沒法過日子了。

下東區跟東村緊緊相連，在周末的夜裡，這裡既是樂土、也是惡夢：這裡好玩的地方多，髒臭的角落也多，街道緊密相連，人群在馬路上嬉戲，汽車卻也不願減速，要是你想穿過主要幹道

Delancey街請一定注意，這裡是威廉斯堡橋單車道上橋段，那條上坡長到不行，於是所有的單車到了這裡都拚命加速。另外也要小心腳下，因為滿街都是坑洞，有些洞裡還積了陳年汙水。

越過一攤積水，突然發現老店Economy Candy就在眼前，幾個都快四十歲的人突然決定鑽進壅擠的糖果店，這間紐約貨最齊又最便宜的零食鋪，原本是鞋帽修理店外一台賣糖果的拖車，當經濟大蕭條重創美國，人們開始轉向幾分錢就能買到的小確幸，一九三七年，糖果店開幕了，在同一個地點販賣誘人的大包裝人工甘味、色素成分，現在的Economy每星期進貨兩千多種甜食，除了秤重分裝的糖果，還保留了別的地方找不到的兒時童趣，例如香菸糖、火柴盒糖，有辣醬巧克力這樣的整人商品，也有各國進口的經典款，包括飛壘口香糖跟嗨啾軟糖。

排隊付帳的時候，我問凱文：「馬丁・史柯西斯還打電話給你嗎？」

他說沒有，不過《最危險的書》似乎快要拍電影了，版權公司想請拍過《贖罪》的Joe Wright來導。

「那不錯啊，滿適合的。」說。

「James Franco可能會說他要演喬伊斯。」我說。

James Franco出過一本書，大家都說：「比起寫作，他演戲的

才華還是比較高。」——沒有他的名氣與財富，我們這些小咖作家們，也只能靠著說風涼話來自我安慰了。

在堆積到天花板的甜蜜存貨之間，顧客在狹窄通道上三貼通過變回了兒童，興奮地檢視著每個色素濃豔的誇張包裝，想像著裡面的糖會是如何不健康，這時一位女士手上拿著的一個塑膠袋破了個洞，發亮的白色糖球像珍珠一一墜地，發出清脆聲響，凱文一不小心踩扁了兩顆，他提起腳，我們看著地上或扁貨圓的珠子，有些依舊潔白、有些已經沾汙，雖然令人心痛，因為他們看起來那麼珍貴，但其實便宜到不行——有時我覺得文字的價值也差不多是這樣——但我決定把這想法放在心裡就好。

因為外面天氣那麼好，在這個不適合文學發展的時代，這漫長的非虛構散步，等到了一個包著糖衣的終曲，好像也不算太壞。

[Tour]
Lower East Side

一日村民指南

早上的格林威治村邊，有心不甘情不願早起上課的學生，拿著大杯咖啡揹著重型書包，最多的車就是垃圾車，他們正忙著清理前一晚狂歡之後堆積如山的廢棄物，味道十分不好，你也會看到那些喝到早上來不及回家就睡著的人，當然，這裡也有健康人士：下西洋棋的退休男子、搶不到熱門時段的早起樂手、不知為何不用上班而在運動的年輕人、沒課（或者蹺課）的學生、還有全部家當都放在推車裡的遊民──他可能正在跟某大學講師探討叔本華哲學的精髓──，這是真實的村景，看著看著甚至覺得有點浪漫，但除非是周末，早上不要進村裡，在家睡飽一點，因為這條路還長得很。休息是為了走更遠的路，在連環闖吧的夜晚中早走的人，會被當成不講義氣。

村裡有間知名的韓國超市叫做M2M，意思是從中午（Midday）開到半夜（Midnight），而遊玩東西村的時間感也差不多以此為準，我必須鄭重強調：連玩十二小時可不是那種隨興的行程，非誠勿試，試了請不要半途而廢。

11:30 AM

西村跟東村有什麼差別呢，用單一詞彙來形容就是「西村洗

鍊、東村重口味」。

平日午飯的西村除了能讓你吃得像個高收入有品味的紐約居民，還有People Watching與Celebrity sightings的額外優點。

西村寧靜的高級住宅區由百年磚石樓房組成，高檔餐廳就藏期間，入口處低調，但也夠讓路人一眼就能看見裡面豐富的葡萄酒收藏，料理還不是最令人興奮的，西村住宅區的明星密集度極高，且都很喜歡出門吃喝，在餐廳評鑑的留言裡常有目擊實錄，包括：葛妮絲派特洛（但是養生教主竟然在豬肉料理專賣店The Spotted Pigs被目擊）、Meg Ryan、Jake Gyllenhaal,、Michael Kors、金卡達珊……還有很多叫不出名字的影集熟面孔——聽說這一區選舉日當天投票所外的隊伍卡司非常堅強，The Waverly Inn & Garden菜單上還直接嗆川普（引用他曾說這間餐廳是Worst Food in the City），在多金的自由派人士眼中，去川普討厭的餐廳也可以是一件很搖滾的事；不過他最出名的還是明星客人、新美式（New American）餐廳正在逐漸取代長久稱霸的義大利菜：要是真的不餓，只想等明星，那就到72 Grove Ave星巴克坐等烏瑪舒曼或者伊森霍克出沒好了（請注意這兩位已經離婚不會一同出現了），或者直接去Locanda Verde說你要找老闆勞勃狄尼洛。

1:00 PM

最適合午飯後的行程就是逛書店，但可惜本區最後一間知名書店Left Bank在當了24年珍稀書籍寶地之後，也撐不下去關門了，現在最叛逆的可能是Jimmy Choo的新鞋了。Monocle Shop所有品味型男奉為聖經的雜誌旗艦店就是這一間，是Monocle自有品牌商品最齊的地方，大叔們請控好荷包。

IFC Center是專放藝術片的電影院、優先上映各國影展入圍片，是紐約市小眾影展影迷的據點之一。

7:00 PM

走到第六大道與第四街的「村口」起算，夜晚開始了，這時你要決定是要一邊吃飯一邊看表演，還是要先吃在看表演——只管找吃的話，華盛頓廣場周圍好吃的東西可多了，光是MacDougal跟Thompson這兩條街選擇就夠多，因應學生需求，大多定價低分量族，而且國際觀破表，從中東小吃到西印度群島家常菜都有，因為等下要開始喝酒了，希望大家吃飽一點墊肚子。

注意：有賣酒的地方都會檢查ID（美國任何一州發的駕照、或是歐洲國家的身分證、護照），且美國法律規定不能在街上喝

酒（但是卻可以帶槍呢），若你要買一罐啤酒邊走邊喝，警察會制止你，這時裝無辜便是。

8:00 PM

吃飽了，可以看表演了吧。

晚場表演通常分兩個時段，第一段從七、八點開始，第二段從九點半或十點開始到高興為止。

Blue Note 藍調餐廳

可能是全世界最有名的爵士餐廳（？），只有傳奇人物跟一線樂手才能排上藍調的舞台，當然這裡的票價也特別貴，可以訂位、訂餐，近來還發展出早午餐時段。

Café Wha?

是當年Bob Dylan成名前表演的地方，狄倫迷可以來此致敬，而這間店的特色就是經常「致敬」——今天是向Bob Dylan致敬之夜、明天又是向David Bowie致敬之夜，所有成名前在此混跡過的音樂名人都可能是致敬的對象。

Village Vanguard

有超過一百張現場專輯在這個地方錄製！這就是Vanguard無可動搖的神級地位！

The Smalls

門票20美金，但是天使、巫師跟神職人員可以免入場費（筆記）。

55 Bar

這間比較老派，多藍調爵士跟女聲vocal慢歌，適合想感受又怕吵（對的有這種人）的人。

Zinc Bar

路線的爵士樂（不要問我那是什麼意思，自己去google），每星期天晚上是Tango 之夜，不分級探戈舞蹈課八點開始，也可以只看不跳。

(Le) Poisson Rouge

一個像倉庫的複合式藝廊表演場，號稱是Avant-Garde，音樂

內容很多元，有爵士、當代古典、實驗電音、也有走小眾路線的
搖滾樂團。

10:00 PM

從一到二站中間的走路也不要輕忽了，從華盛頓廣場公園中
間穿過去，此時公園內各處音樂團體互尬正兒，想必周邊住戶又
被噪音吵到第兩千五百次想要把這棟房子賣掉搬走。

NuBlu 62

到了字母大道（A、B、C、D大道），就不用顧忌表演幾點開
始結束， Nu Blu不只是一個表演場地，他還是一個舞廳，用爵士
與各種世界音樂、DJ set 混搭，裡面坐著的人只有樂手，其他人都
在跳舞。

Rue B

以「The Future of Jazz」為己任，每晚都有年輕爵士樂手演出，
星期一的Jam Session充滿未知的刺激感。

The Mercury & The Bowery Ballroom

這兩間是我小時候聽另類搖滾的地方，現在似乎還是同樣世代的聽眾與樂隊（例如Yo La Tengo）相會的場所。

Anyway Café

這是一間紐約的老牌俄羅斯酒吧，店裡坐著很多看起來很難惹的俄羅斯人（但其實他們非常和善），酒單上有一整面都是伏特加。

Lucien

正宗巴黎人開的老牌巴黎式餐廳，就像老巴黎酒館一樣店裡花團錦簇、擁擠到讓人覺得不瘦不能當巴黎人，但是服務員都很俐落絕無碰撞。

Katz's Delicatessen

電影的名場景，猶太燻肉三明治店，如前文所述，進門時領票別掉了，出門繳回。

The Congee Village

粥之家 位於中國城與下東區交叉點，是一間菜單選擇超多、還附設卡拉ok的中國餐廳。

2:00 AM

看完演出若你還算清醒、還不想收工，街上正是熱鬧的時候，這裡有幾個點讓你冷眼旁觀紐約夜生活的盡頭（今夜究竟是悲劇還是喜劇收場呢）：

Ludlow Street上任何一間酒吧

到了兩點以後所有的店與人看起來應該都一樣了——醉，這時去哪間店繼續喝已經不重要，周末夜兩點叫Uber到東村不但會塞車還要加價，請謹記紐約的酒吧最晚開到四點，到四點打車會簡單很多，另外地鐵雖然破破爛爛也沒有固定時間表，但卻是24小時運行的，深夜搭地鐵危險嗎？現在的地鐵治安很好，比起被打或被搶劫，更加須要提防的是自己不小心摔下軌道，晚安，祝你好運（揮手）。

6

Lower Manhattan
NYC Subway
East River

Lower Manhattan

下城海市蜃樓

終究是活到了必須跟小朋友解釋什麼是VHS錄影帶的年代。

在影癡星球紐約，出資蓋新電影院來放懷舊老片，有市場，而且不小。下東區有一間時髦電影院Metrograph就是這樣，不放主流院線強檔，專門放35釐米底片電影跟數位藝術片，在紐約不但看藝術片的人多，拍藝術片的人更多，所以有時看片打呵欠，導演就在你身旁瞪你。

夏天某夜，在Metrograph看了比爾‧莫瑞二十七年前主演的搶銀行舊片《兩男一女三逃犯》（*Quick Sand*）特映，全片在八〇年代的紐約街頭實景拍攝，電影一開始，就是比爾‧墨瑞的苦瓜臉，他滿臉油彩、拖著笨重的小丑裝、抓著一把汽球擠出地鐵（差點出不來），走過時報廣場，走進關門前的銀行，說：「這是搶劫。」

無論是客人或是行員都沒人理會，頭也沒回繼續忙（紐約人就是這麼可惡）。

他提高音量再喊一次；「這是搶劫。」

警衛老伯只好在旁邊幫腔：「是真的啊！」

還是沒人理他。

「真不敢相信。」他翻個白眼，放手讓氣球飛走，然後朝天花板放了一槍，此時才真正啟動了緊急狀態，搶銀行電影正式開

始。

　　全片看完以後，我心情大好，回家對某人說：「明天我們去海邊的路上，可以先去P大道450號。」

　　「去P大道幹嘛呢？」他問。

　　「這還用說嗎？那可是銀行！」我興奮地說。

　　「噢對齁。」他說。

　　P大道450號在四十五年前，是Chase Manhattan一間偏僻的小支行，在那年最熱一天，八月二十二日，發生了一件前所未聞的搶案，兩名男子挾持行員與客戶，與警察對峙了十二小時，空調被

停，所有人都汗如雨下，在談判的過程中，觀眾逐漸發現了主謀男孩搶銀行的動機（是為了愛情！），相處久了，連人質也開始關懷他……這個事件後來被拍成電影，就是年輕的艾爾帕西諾成名之作《熱天午後》（*Dog Day Afternoon*）。

經過商量，結論是現在的銀行根本不值得冒險，現金存底低、防盜系統先進，而且每個人手上的手機隨時都能成為監視錄影機，曾幾何時，搶銀行已經成為一種過氣的耍帥方式。

現實中過氣，在電影中依然是懷舊經典，港片式的帥氣總要有點痞味，紐約式的浪漫，必須要夾帶槍砲彈藥與反派男子的性感低音，要是沒有那些壞蛋黑幫電影，當代紐約的都會文化（還有街景）應該會乾淨許多，但也會無聊得要命，而一幫演技派如勞勃·狄尼洛、丹佐·華盛頓就一輩子也遇不到讓他們成為巨星的角色。

背景在紐約的搶銀行電影，之所以在八、九〇年代那麼流行，一方面是因為那時銀行裡現金真的很多，實際上，當時銀行搶案也真的不少，只是成功率極低——拿了錢、搭飛機逃到遠方小島這種說走就走的美夢，畢竟執行上有太多困難，成功的搶案只存在於謠言風中，搶匪與錢像風一樣人間蒸發之後，人生一帆風順嗎？過得幸福嗎？誰也不知道，大家只是愛聽故事、愛浪漫

想像而已。

　　話說人有千百種，壞人之間也是階級分明的，像熱天午後那樣俗辣型的搶匪才會去偏僻的Avenue P，搶鈔票上都沾滿炸熱狗味的小本銀行，豪華一點的電影，都會設計讓野心勃勃的壞蛋去搶華爾街（華爾街，Wall Street，雖然只是一條街而已，但整個金融區也被通稱為華爾街）銀行。華爾街到處路衝，開車進去很難開出來，有野心的警匪當然都要來挑戰，而且萬惡好萊塢專找智慧型男演銀行搶匪，居心可疑，是不是太想毀滅紐約市了？Jeremy Irons在《終極警探3》演恐怖分子，決定來這裡偷聯邦儲備銀行

的黃金，過了十幾年，在《臥底》（Inside Man）裡面，克萊夫‧歐文為了向發戰爭財的納粹分子報仇，（帥氣地）占領了曼哈頓信託銀行的總行，雖然這間是虛構銀行，但拍攝地點真的是一間舊銀行總店，歇業後轉作雪茄吧，在同一個街區，還有臥底警察慘敗後就會被叫來罵的地點：緝毒署總部；偶有成功抓住壞蛋送上聯邦法庭受審的，氣勢恢弘的聯邦法院就在對面。除了魅力無窮的反派人士，故事的另一邊還必須要有那個無視老婆怨氣、置家人幸福於度外、而且怎樣都死不了的紐約警察——無論是好警察、壞警察、迷惑而充滿正義感的新警察、怎麼摔妝都不花掉的辣女警、實驗室裡經常出現的聰明亞裔警察……沒有哪個城市的警察比 NYPD 在電影裡的出場率更高的，而NYPD總部也在華爾街——正確地說，是連通華爾街與華埠的一整個街區，九一一事件後為了防止汽車炸彈衝進警察總部，乾脆把整個總部周圍的街道全部封鎖起來，從此這兩個區域之間的交通便進入萬年便祕狀態。

曼哈頓下城濃厚的犯罪氣息不是一兩天造成的，華埠到下東區Bowery一帶，背負著兩百多年的來自歐亞非洲的移民血淚，這裡曾經有最密集與最恐怖的犯罪率，一八四六年間愛爾蘭幫掌管的地下世界「五點」——深夜路過時似乎能聽見腳下有幫主「屠

夫」令人不寒而慄的冷笑；聯邦法院旁邊的曼哈頓看守所大樓，因為前一個版本的建築設計參考了埃及陵墓，被檢察官們稱作「墳墓」，名字沿用至今，新建大樓照樣陰沉無情，看來比墳墓更冷；舊紐約警察總部（一九七九年以前）也在華埠中心的Centre Street上，而狗仔隊鼻祖——犯罪現場攝影師Weegee故居就在舊警署對面，因為地利之便，在沒有網路手機的時代，每當有兇案發生，Weegee總是最先知道，只要衝下來就能拍到被押送回署的嫌犯照片，讓他發了不少財。

二十世紀的華埠，在「五點」鄰近發展起來，起初華人之間械鬥不斷，打打殺殺太厲害，唯一一間京劇戲院都關門大吉。現在的華埠餐廳密集、觀光客擠滿人行道，各種叫賣聲熱絡不已，舊警署依舊雄偉氣派，白色大理石建築的四周石柱筆直、頂端有鐘塔，跟四周矮小破舊的房舍形成強烈對比，但是最意想不到的景觀，應該是一尊高聳的古人雕像，走近一看，竟然是林則徐——可說是中國第一任緝毒署總長——連一尊雕像也跟警匪扯上了關係，真不愧是下城。當下城歷史的血腥味逐漸退去，便成為獵奇觀光的重鎮；NYC Gangster Mob Tour帶你探訪各種械鬥場合遺址、循著舊照片找人名、認識這個彈丸之地上來自愛爾蘭、義大利、中國的黑幫組織如何發展、互鬥、合作然後又鬧翻——而這

一切爭執，當然都是為了錢，而相鄰的華爾街，在本質上跟曾經滿地鮮血的「五點」沒有不同，華爾街的金錢數字比起黑道經手的生意，又多了好幾個零，而華爾街的鬥爭武器是看不見的——欲望與資訊，有時殺傷力比槍砲還深遠。

若你是第一次來到紐約下城，會發現這裡跟電影裡面一模一樣，那是因為電影就是在這一片混亂中拍攝的，紐約市政府對街頭拍攝的許可非常寬鬆，普通手持或腳架拍片無須事先申請許可，如果你的電影有百分之七十五以上在紐約拍攝，還可以申請「Made In NY」的行銷補助，這樣的習慣行之有年，哺育了獨立製片大量生產，當整個城市都是你的攝影棚；場景、臨演、光線、天氣，一切都是現成的、而且活生生的——那是人工造景無可取代的複雜、混亂、情緒化。

我一直記得電影《黑心交易員的告白》（Margin Call）裡，股災發生前夜，壞消息一層一層上報，每小時都有更高層的主管出現，直到最後，大魔王登場之前，先在屋頂颳起了狂風，抬頭一看，原來是直升機降落在樓頂（而且就是《終極警探3》裡面偷黃金的那個人演的！）。是的，大人物可不會在路面跟凡人擠，他們都是飛進來的，金融區靠河邊的Downtown Manhattan直升機場（國際機場代碼JRB）終日有直升機起降，計程車到JFK國際機場

要花一小時，直升機只要五分鐘（我當然沒搭過嘍，聽來的）。

　　與那金權世界毫無瓜葛的我，只喜歡到華爾街渡輪口搭船，從華爾街出發的渡輪有好幾條——East River Ferry行走東河上通往布魯克林跟皇后區多處，Ikea Ferry通往地鐵到不了的Red Hook宜家，我最常搭乘的則是Staten Island Ferry，這是最大最多班次的通勤渡輪，不但免費、還能看到自由女神像。每當我需要想事情時，就去搭渡輪，來回約一小時，回程時若已入夜，站在船頭，能看見下城高樓群在夜裡閃耀著，既像海市蜃樓、又如空中樓閣，誰知道呢？說不定這個城市只是一個巨大的片場，而曼哈頓只是一組狂野的投影。我想起十六年前的九月，我徒步經過剛倒塌不久的雙子星，那遠方都能聞到的煙硝味，與幾十隻怪手同時挖掘的巨大黑影還留在心底。現在那個地方，站著一棟更高的樓，樓底有兩個下沉湖，名叫「空缺的倒影」紀念碑。

　　當渡輪到岸，你被人群推著離船，走進燈火通明的Whitehall港口站，迎面走來一組紐約市警，他們牽著會找炸彈的K9（警犬的代稱），警犬看來好乖巧，警察的手臂超級粗壯，他們腰上有槍、對講機閃爍著紅燈，啊太好了，這個城市是真的，在天空、河面、路上都忙碌無比的下城，所有的危險都是真的，所有的浪漫因此刻骨銘心。

[B-side]
NYC Subway

Lost In Transportation: NYC地鐵

二〇一六年以前的紐約地鐵，有一大特色，就是沒有網路，連手機訊號都不一定收得到，這段必須失聯的黑洞，曾經是忙碌上班族的綠洲，漏接老闆電話，你可以滿臉歉意地說「啊在搭地鐵沒辦法啊」，可能因為沒網路，以前讀書人很多——熱門Instagram帳號：Hot Dudes Reading（帥哥讀書）上面十張有九張是在紐約地鐵上拍到的，不過最近這些都改變了。

　　紐約地鐵讓人愛恨交織，愛它的便利、有個性、全年無休，恨它的髒亂、故障多、行程飄忽不定，《紐約客》雜誌最有名的諷刺漫畫平均每月都要酸地鐵好幾次；最能說明紐約地鐵現況的一幅，應該是Joe Dator的交通直升機報告：「現在看得見萊辛頓大道，大家都猜得到六號線可能有狀況，再來到百老匯大道沿線，我可以告訴你N跟R可能很順、也可能不順，不過當然第八大道沿線的A跟C線一如往常完全是一個謎來著。」

　　越是發展得早的城市，地鐵越爛，世界上最早有地下鐵系統的倫敦、紐約、巴黎，這幾個地方的地鐵都在比爛、比窄、比髒的。因為使用年資過久，而城市人流只增不減，翻新設備困難，最多只能部分維修、緩慢地分段更新。每當我回台北過年，在清潔新穎的捷運裡深深覺得自己是一名來自二十世紀初的鄉巴佬，一邊享受著新車的便捷舒適，一面卻有點想念紐約。

在紐約市，The city never sleeps，地鐵二十四小時營業全年無休，沒有靈感的時候、心情浮躁沒有出口的時候、深夜睡不著的時候，就去搭地鐵，紐約地鐵又舊又髒，還有各種突發的改道與延誤，雖然不存在時刻表這種東西，有一點可以保證：車子遲早會來的，而上車之後，他人的生活即入眼簾：在這地下的國度，孕育出多少攝影師與小說家的創作人生，我開始依賴車輪在鐵軌上滾動得喀拉喀拉的聲音，當作是安撫嬰兒的白色噪音機，有鎮定功效。我能欣賞地鐵美好的一面，完全是因為我不需要每日通勤，唯有無須朝夕相處，才能把地鐵當成心理醫生的躺椅。當然不能真躺，最近紐約人在合力消滅開腿族（Manspreading），坐姿太豪邁、占了旁人空間的人士都會被瞪，然而睡在地鐵座位上的流浪漢卻能一路好眠——因為味道太薰人，乘客紛紛走避。

紐約地鐵已在這個大都會的地下跑了一百一十二年，現在五大區總共有三十四條線，四九六個車站，每日通勤人次五百六十萬。觀光客久聞城市威名，初到紐約見到地鐵落伍又殘破，都會大吃一驚：鐵軌上滿是陳年垃圾與髒水、月台樓梯處處破損、廁所就像警匪片裡那樣充滿犯罪氣氛、肥碩的老鼠囂張地出站入站不買票，票閘吃的可能是全世界最容易弄丟的超薄磁條卡，而且，經常讀不到票！站在票口前狂刷不過，把沒耐性的紐約客

急得翻白眼；列車行經時，車輪刮過老舊軌道發出巨大的工業噪音，所有人都只好停止交談，這時我就會想到《終極警探3》那台一次掃平六道鐵軌的出軌地鐵。電扶梯？哈哈，紐約人會苦笑著說，大概全市只有三台電扶梯吧，而且經常沒通電，跟普通樓梯沒兩樣；而且到底為什麼所有人進地鐵站都在狂奔？這也是很辛酸，因為站台上沒有冷氣，夏天站內對西裝男來說簡直是熱瑜珈教室，誰也不想在月台上多等，以前沒有電子螢幕顯示車到時間，只能遠目隧道的盡頭期待著，人人想到這些苦，只要一接近車站就本能地跑起來，深怕錯過班車；即使列車馬上就來，看那破破爛爛的模樣，人擠人的尖峰車廂，聽著有時破音有時無聲的列車長廣播，天知道下一站會不會停呢？

二〇一七年，周末出門搭地鐵變成一種鬥智鬥勇的心理遊戲，你得自行比對四種情報來源，憑著經驗，再添加一點賭博的勇氣，做出最接近可行的判斷。周末出行首先得查看地鐵局的周末站（Weekender），每個周末或是周間的深夜，是地鐵進行施工的時間，於是某幾條地鐵會改道或停駛，如此其他線路便必須共用軌道，你可能聽過公車塞車，但你有試過地鐵大堵車嗎？在紐約，整列地鐵卡在地下隧道排隊過河的情形經常可見，密室恐懼症的人隨時都會發病，而地鐵上有人倒地送醫，又加重整個系

統的延誤。只看周末版地鐵圖是不夠的，有時你到了車站會發現站內又貼了剛列印出來新簇簇的路線更改通知，告訴你某段到某段幾號不走，某段到某段原本周末停駛現在有變成有了，但是某段到某段你要去搭另一條線替代，而當你走去換車時，可能會在對方車站看到另一張告示把你送回原點——這時除了站在月台上靜靜地崩潰，也沒有別的辦法——月台上內心崩潰的不會只有你一個人，月台眾人整齊畫一的引頸期盼，盼望隧道盡頭代表希望的車頭燈早日出現，現在大部分月台上都裝上了到站顯示時間，這實在讓人大鬆一口氣——但是不要高興得太早，因為上面的到站時間是會跳的，有時一不留神，三分到站突然跳成十二分，有時很乾脆地顯示delay。今年初的紐約地鐵達成重大突破：每個車站終於都裝上Wi-Fi，但有Wi-Fi的煉獄依然是煉獄，當你久等無車，可以去地鐵局的推特帳號看看——每天大小狀況不斷、乘客送醫、乘客鬧事、信號故障、軌道障礙物……種種原因讓地鐵局推特帳號人氣高不下，共有超過八十七萬follower——但是每則po文只有個位數的讚——會查詢這個帳號的人每個都是氣呼呼的乘客，誰能有好心情？

我終於放棄為地鐵辯護，承認這個系統即將崩壞，痛恨地鐵系統管理混亂，但是捨不得地鐵上各色各樣紐約人；大部分的人

是為了去某個目的地搭地鐵，我有時會為了搭地鐵才決定去某個地方。

地鐵站裡有的是辛苦人，一人帶著兩、三個幼兒搭地鐵的母親、在站內龜速前進的老人病人腳上打石膏的人、在擁擠車上自訴遭遇困難因此乞討的父親、在進站處等著好心人幫他刷卡進站的人……紐約乘客平常急躁到了極點，但碰到辛苦人的時候，意外地又耐心無比──當頭戴黑色尼卡伯（Niqab）整頭全身包緊緊只露出兩眼的穆斯林婦女走進車廂，在紅脣橘髮大腿以下全部透明的變裝皇后身邊坐下，一位上班途中的房地產仲介Boubah拍下照片，在IG上對頒布穆斯林國家禁令的現任總統說：「這才是自由。」

會在地鐵上跳舞都是辛苦人的孩子：跳Break Dance（霹靂舞）的人叫做B-boy（當然也有很多B-girls），這種街舞起源自紐約Bronx一區，充滿翻滾特技，還包括街頭比舞，隨環境即興的特色──有比地鐵更棒的即興場合嗎？車廂空間小而有變化，有橫的豎的各種鐵桿，還有一車一車不同的觀眾──在地鐵上跳Break Dance有特定的動詞來指稱：「Showtime」。

現任市長比爾・白思豪（Bill de Blasio）在二〇一四年就任，市長得決定的事情很多，其中一項是到底該怎麼對待地鐵舞者？

朱利安尼市長時代雷厲風行嚴禁地鐵跳舞，接下來的麥克‧彭博（Micheal Rubens Bloomberg）市長則完全放任，白思豪上任第一年，因為在地鐵跳舞被逮捕的人數暴增四倍，弱勢團體代表大聲譴責，說這些孩子都是低收入家庭孩子，又沒有偷搶拐騙，只不過是跳舞而已！會在地鐵上Showtime的B-boys為什麼不去別的地方跳呢？街舞源自低收入區，如果住宅寬敞，或有空調教室可以練舞，當然不會在街上跳舞了，青少年舞者在公眾場合表演不只能賺點零花錢，還能藉又不同環境練習編舞、娛樂群眾、增添表演經驗，而且讓血氣方剛的青少年跳舞發洩精力，有助於降低犯罪機率。有時百年難得一見之天才就在地鐵遇見他未來的王牌製作人，有時碰上新手翻轉不太穩，令人捏把冷汗，也會鼓掌支持。觀光客搭地鐵碰到Showtime都大為興奮，youtube上蒐尋subway dance nyc會出現七十幾萬筆結果，不知道是不是因為太受歡迎，市政府也漸漸放鬆了逮捕，改為由員警勸導舞者到地鐵站外新設的戶外表演場地展現自我。

　　總之地鐵上有人耍特技跳舞，乘客基本上不會抱怨，本地人習慣了妖魔鬼怪，就算不喜歡，也不會干涉，即使內心有點恐慌，也不能表現在外，舞者在頭頂上飛簷走壁，大叔也照樣繼續讀報，地鐵乘客也習慣了高水準的藝術演出，街頭藝人要在地鐵

上生存也不容易，那些荒腔走板或是一看就沒希望的藝人，乘客連眼皮都不會抬一下，還會交換白眼好像在說沒才華的人最好趕快去找份正經工作吧，然而對於優秀的表演者一定不會吝於支持，地鐵樂種也跟地理位置呼應，經過茱莉亞與曼哈頓兩間音樂院的一號線，常見搖晃列車上拉琴毫不走音的弦樂四重奏、連通聯合廣場與威廉斯堡的L線月台有被Jimi Hendrix附身的吉他手駐場，橫越下東區的F線爵士樂手的出現率很高，而在我所有地鐵藝人記憶中，最可愛又最受歡迎的，是一隊走唱歌手；車到West 4車站，幾位微笑的老先生走進車廂，其中一位開口：「各位晚安，我們應該不是紐約最優秀、但肯定是全紐約最老的街頭藝人，請讓我們為各位高唱一曲。」在列車加速愈趨響亮的齒輪聲中，老先生們溫柔慈祥的福音合聲融化了通勤的緊張，眾人紛紛從包裡拿出紙鈔來準備，在他們緩緩移動前下一個車廂時，不忘回頭祝福眾人：「God Bless You。」

[Tour]

East River

水上的紐約：B/M/W與渡輪

紐約百年地鐵進入完全黑暗期，意外與延誤是家常便飯，過河時多線地鐵還得「排隊進站」，有次離峰時段過河，地鐵飛速前進，我身邊幾個人聽著軌道喀喀作響，一則以喜，一則以憂：難道這班地鐵被壞人挾持了（住在紐約的副作用；電影與現實分不清楚）？

　　地鐵狀況越來越糟，紐約市人口成長，地鐵運量卻下滑了，很多人都採取其他通勤方式，例如單車（包括共享單車）、公車、手機叫車、或是乾脆走路（跑步）過橋上下班，在春夏秋三季，騎車過橋可以讓人心曠神怡、也增加運動量，然而我覺得最浪漫（也是風最大）的過河方式，就是渡輪。

B/M/W 三大橋

　　跨越東河的三條大橋從南到北分別是布魯克林大橋（Brooklyn Bridge）、曼哈頓大橋（Manhattan Bridge）以及威廉斯堡大橋（Williamsburg Bridge），三條大橋都有行人與單車步道，如果你第一次來紐約，當然還是得先走過布魯克林大橋，在壯觀的懸索下來張仰角自拍，布魯克林大橋在晴日白天時非常擁塞，走都走不動，行人經常站在單車道上自拍，所以也是最多憤怒單車手的大橋；我個人最喜歡的是灰藍色的曼哈頓大橋，地鐵軌道與行

人步道同高，當地鐵塞車時，你可以奔跑著揚長而去，在曼哈頓大橋上行人與單車同道，但騎車的人不多；最好騎的橋是威廉斯堡大橋，人車分道，記得不要走錯入口，JMZ地鐵也走這條橋，這條橋連接的是兩大夜生活勝地；威廉斯堡跟下東區，如果你騎過橋累了，可以吃喝一頓，逛個街再回頭，或是直接搭地鐵回家（單車搭地鐵不加收費，但共享單車不能進地鐵站）。

Brooklyn Bridge Park 布魯克林橋下公園

布魯克林一側，布魯克林與曼哈頓兩大橋下的綠地廣場，是癡癡凝望曼哈頓景致的好地方，這裡的冰淇淋店生意興隆，處處可以看到情侶互餵、小孩吃得滿臉的溫馨畫面，最近發現這片公園每逢周末有如婚紗大展以外，還學到了一個新賣點：周杰倫／昆凌同款背影照在此拍攝。

Brooklyn Heights Promenade 布魯克林高地觀景台

大家以為布魯克林很高檔，其實高不可攀的只有「布魯克林高地」，這一片十幾條街的區域是全美國土地單價最貴的地帶，但是沒關係，在高地觀景台散步是不分財力背景，誰都可以的，在這條步道上行走，一邊是東河與對岸的曼哈頓天際線，一邊是

一坪百萬的巨星名人豪宅（但一次也沒看他們開過窗），只要天氣好，一定會有人在這裡拍廣告、拍電影，看到攝影機轉動，請趕緊在面河的長椅上坐下，讓自己的背影當一次明星。

NYC Ferry 紐約市渡輪

東河從以前就是業務繁忙的河面，布魯克林南岸沿線有許多舊工業碼頭，東河渡輪最近開了許多新線路，新興潮流區Dumbo只有一條小運量的地鐵F通行，於是East River Line成為從曼哈頓中城到布魯克林Dumbo的最短路線；Rockaway新線開通後，海灘遊客再也不用與JFK機場旅客共擠一班漫長地鐵；Astoria線以及明年開通的Soundview線連接北邊的The Bronx跟曼哈頓上東區將成為新通勤方案，票價也跟地鐵一樣是2.75元。

Ikea Express Shuttle 宜家渡輪

Red Hook是布魯克林版的天母，地鐵到不了，有點新英格蘭氣氛，曾經是業務港口，現在港邊大型倉庫皆改為藝文中心、大型超市、有一間Tesla展示中心，還有紐約市唯一Ikea，於是連通華爾街與Red Hook的紐約水上計程車（NY Water Taxi）渡輪被稱為Ikea渡輪，周末免費（但是很擠），週間五元。

Building 92 -Brooklyn Navy Yard 布魯克林海軍基地92號樓

位於東河邊上，歷史悠久的舊海軍造船基地正在經歷改建，其中92號樓被列為古蹟，成為展示中心開放免費參觀，好萊塢以外最大製片中心——史坦納製片廠（Steiner Studios）現在也以此為家，包括紐約市唯一能在片廠內上課的影視學院。

Governors Island Ferry 州長島渡輪

州長島是東河上一個小島，以前是政府用地，現在開放成為休憩與藝文活動，要到這個島上唯一的方法是搭乘渡輪（只要十五分鐘左右），每年夏天到秋天十月底為止通行，夏天每週都有各種藝文活動，包括有名的Jazz Age Lawn Party，參加者都要打扮成《大亨小傳》的模樣在草地上跳舞，不跳舞、在草地上看書發呆一整天也是正經事，島上有共享單車，但步行繞島一圈也花不到一小時。依照規定，島上不能留人過夜，最後一班船之前，工作人員會駕小車不斷繞行檢查，要是有人睡著了忘記離島，晚上在無人島驚醒時哭也沒人會聽見的。

Staten Island Ferry 史坦頓島渡輪

史坦頓島是紐約市五大區最不出名的，與曼哈頓之間唯一的

大眾交通工具只有渡輪，這個渡輪不但乘載量大，二十四小時運行，而且是免費的！這是不花錢能得到與自由女神像最接近的距離（渡輪大廈外面會有很多賣假票的人，不用理會他們，搭史坦頓島渡輪是不用票的，只要人去渡輪口直接上船就行了）。

Ferry service to Liberty & Ellis Islands 愛麗斯島與自由女神像渡輪

自由女神像之旅是如此Iconic，愛麗斯島曾經作為隔離移民的檢查站，環境惡劣而且人身自由全無，現在女神腳下的博物館裡展示的就是當年的名錄，可以見到很多華人與拉丁裔的姓氏。這條觀光路線也是紐約最多騙案跟黃牛票的，有些網站賣的是真票但是賣貴賺差額，有些路面黃牛根本帶你搭的是別的船去別的島……往愛麗斯島的渡輪只有一條路線，直接到渡輪公司網站StatueCruises.com上買票就行了。

Brooklyn
Brooklyn Academy of Music
Prospect Park

[Walk]
Brooklyn

生活在布魯克林

「我偶爾會去曼哈頓看朋友。」

在布魯克林住久了，就會講出這種話，只不過隔了一條不到一公里半寬的東河，提起繁華大都會曼哈頓，好像在講外縣市一樣。

因為曼哈頓有的，布魯克林也都有；他們有曼哈頓下城，我們也有布魯克林下城，他們有梅西百貨、H&M、Sephora，我們也有梅西百貨、H&M、、Sephora，他們有中央公園，我們有Prospect Park，他們有自由樂捐入場的大都會美術館，我們有免費參觀的布魯克林美術館……而且少了觀光人潮，空間寬敞，於是再也不想忍受壅擠的地鐵、過河時漫長的塞車（連地鐵都會塞住），可以在布魯克林解決的事情，就絕對不過河。

布魯克林的夏天充滿了BBQ烤肉的香味與白煙，始於七月四日國慶連假，直到九月第一個星期一的勞工節假日為止，期間每戶人家的烤肉架都會一直放在門口，隨時待命。布魯克林人把公園當自家後院的延伸，在國慶假日到Prospect Park的野餐區草地上一看，香氣四溢、煙霧繚繞，眼見各種動真格的烤肉器材有如商展，甚至有人把整座不鏽鋼L形四嘴烤爐直接搬來──這裡離車道那麼遠，他們到底怎麼辦到的？旁邊躺在草地上喝酒的人，完全不在意假性森林大火的煙霧，繼續努力曬紅她們的大腿，吃

著從家裡帶來的沙拉，想辦法在幾乎沒有收訊的公園中央烙人來集合，只要不傷害植物與動物，你想在公園幹嘛就幹嘛，哺乳可以、接吻可以、穿著比基尼把草地當海灘可以，自帶兩公尺高的單槓練特技當然也可以。

　　遠離那些觀光勝地與新貴潮地，布魯克林深處，有很多奇妙文化，很多社區母系社會的色彩強烈──人人都習慣聽老母的命令，卻也有很鮮明的大男人文化，健身、改車、養鬥犬這類的草根行為很常見，在烤肉會上，男主人會堅持他要生火掌廚，因為「每個布魯克林男人對BBQ都有自己的一套堅持」，改車的奇觀也很多，除了那種引擎很大很耗油的美國壯漢車，這裡也有機車的飛車黨，甚至有人會在單車上裝顆馬達就騎上街，警察都懶得抓他。

　　哈林區跟布魯克林是紐約黑人的「母船」、文化與經濟的根據地、也是驕傲傳統扎根的地方，文化脈絡分得很細，有東非、西非、西印度群島、加勒比海區、還有古巴，如果你想見地下市長史派克・李（Spike Lee），就要去年度最大非洲音樂節Afropunk埋伏，當你去參加加勒比大遊行，要知道海地巫毒並不包括在內，分不清楚馬利跟塞內加爾樂團是不行的，你的埃及朋友會在Celebrate Brooklyn! 免費戶外音樂會的草地上對你進行再教育。除

此之外，曼哈頓海灘跟柯尼島一帶全部都是戰鬥民族（他們的太太喜歡穿豹紋皮草），Bensonhurst原本是義大利與猶太人區，現在有演變成Chinatown的趨勢，而當你到了Sunset Park，可以一路看中文招牌直到被公園舞劍長輩團包圍，住在布魯克林的家庭很務實，很接地氣，他們沒有在想什麼國際觀，他們本身就是國際村民。

　　進入二十一世紀，布魯克林治安變好，國際村民的國際化依舊持續。我在二〇一五年到二〇一七年初為止住在Bedford-Stuyvesant區，十九世紀起從歐洲海運到此的大塊棕石建的獨棟樓房，經歷百年風霜後依然堅韌美麗，還被劃為國定古蹟，禁止屋主任意改裝立面外觀。棕石公寓的棕石是古老而昂貴的建材，是三疊紀到侏儸紀時代的沉積岩，當年有點家產的美國人要為自己家人建房子，當然不能用隨處可得的建材，這種棕石是一塊塊搭船進口來的，每個單元的標準形式是獨棟四層樓建築，加上地下室，既然是家族住宅，每層樓的功能就依照成員角色有效地劃分，最頂層的四樓是小孩的臥室，三樓是大人臥室，地下室給長工與傭人，一樓為廚房與平時的起居間，樓梯旁有一個電梯井，但不是給人搭的，是食物電梯（dumbwaiter）。二樓則是挑高的客廳，從外觀看，正門是二樓的門，一道堅固寬闊的台階迎賓毫不

失禮，而一樓的入口則在樓梯的側面，樓梯旁有一處小庭園。

雖然昔日榮景已逝，但家族同樂、敦親睦鄰的習慣，都留在棕石公寓的生活機能中。當你在街區慢跑、散步、買菜，某家正在整理花草的大叔會伸手跟你擊掌；天不太冷時，台階上經常有三、五大媽或坐或站，一邊遛小孩一邊聊八卦；跟朋友借一個湯鍋，他會騎著腳踏車拎來放在門廳。那時我會想，房價節節升高、每日物換星移的紐約房市中，還有些事情永遠不變，真的會讓人心情變好。

但其實不是不變，百年之間已經變了又變，再也回不去了。這些百年老屋原來的大家族有人家道中落，有人子孫不願繼承，原本為了一個家庭而建的獨棟樓房，現在多已改建為分租公寓，從此走廊上一扇扇門各自上鎖，每個單位內新建了獨立廚房跟浴室，水管與暖氣因而經常不勝負荷，做樓主不容易，老宅結構堅固，但是小毛病多，而且在紐約，你家前面的人行道也歸你管，冬天雪後必須剷雪，行道樹的健康也得照顧，而家門前要是有違規垃圾則會罰款，難怪那些老屋主的子女離家後不想繼承房子，但若你只做房東收租，不住在屋裡，那就簡單輕鬆，只要你能拿出兩百萬美金的話，你也能在紐約版大稻埕Bed-stuy當房東。

「布魯克林」變成時髦與昂貴的關鍵字，只是最近幾年的

事，媒體大肆報導的天價地段布魯克林高地（Brooklyn Heights），平均每平方公尺的地價17803.51美元，比曼哈頓平均值還高八千多，而它的面積只是布魯克林一百八十平方公里中的0.46%而已，而剩下了99.54%中，多半是藍領階級家庭、低收入住宅、國宅與工業用地，沿著東河有一長串港口、很長一段海灘、加上很大一片濕地沼澤。根據老經驗的居民，犯罪片裡面那些搶劫吸毒的可怕景象曾經每天發生，八〇年代光是穿了一雙Converse新球鞋走出家門，就會被流氓逼迫脫下來給他穿（而且以後還每天在你面前穿）。因為曾經那麼暗黑，這裡也成為各種街頭音樂的溫床：嘻哈、饒舌、福音、靈魂、爵士、雷鬼……你能在街上看見各種Brooklyn之光——Marcy大街上的國宅被暱稱為Jay-Z town，每十個路人會有一個人衣服上有Bob Marley，而Notorious B.I.G.的大臉肖像以各種尺寸出現，從地鐵站小塗鴉到幾層樓高的壁畫，大轉運站Atlantic Terminal的地下走廊會出現大隊著裝整齊的黑豹黨、週日早晨那個前後左右教堂傳來讚美上帝的歌聲之激動啊你別想補眠。

　　住在布魯克林不能嫌人家吵，因為大家就是那麼愛音樂，家家戶戶愛唱歌跳舞，不但家裡放、店裡放、街上放、地鐵也放、許多男人不把最好的音響放在家裡，而是裝在車上，如此便能駕

著愛車，走到哪party到哪。

　　Party這個動詞在曼哈頓屬於消費行為，你到一間店裡付費入場、付費喝酒、付費包桌，但是在布魯克林不來這套，以東西向的Fulton Street為界，基於建築形態與居民生活結構差異，布魯克林的南北派對風格大不相同，北邊Williamsburg因為是公寓樓房，處處舉辦屋頂派對，若你在一個較高的樓頂喝酒，還可以順便看看四周哪個屋頂比較好玩的樣子，大膽的人就這樣跳過去參加別人的派對了。Bushwick正在經歷從舊工業區轉型成潮流聖地的過程，這裡經常有實驗性（或者說沒名氣）的表演節目，地點常是照明不足但是空間十分寬敞的舊廠房，永遠找不到入口，這區也有很多改裝公寓，住戶會自辦邀請制的私人派對。而到了南邊的Crown Heights，因為家家都有後院，附設烤肉區、有時自帶樂隊的後院派對最受歡迎，客人帶著要烤的食材，進門把食材往烤架上一放，就去歪在一旁喝酒了，連樂隊成員也會喝到忘記自己是來演奏的，但沒關係，夜還很長不是嗎？以上這些都太小資了，真正具有布魯克林藍領精神的，是Bloc Party街頭派對。街頭派對的起因，當然是因為低收入戶住在地小人多的國宅裡，沒有自家後院，擠在家裡又熱又煩躁，於是在街角放起音樂，跟MV裡面演的一樣，只是現實生活中的Bloc Party還得一邊餵小孩，夏天週六

晚上的Potomac Playground周邊，滿滿兩圈並排停車，四角各有警車待命，還帶水銀燈照明，超重低音音響開到經過的腳踏車都要被抖掉，與會人士大汗淋漓有如演唱會現場，無論生活再苦（或多麼富裕），舞是一定要繼續跳的，正如一位NYPD老警察說的；「不讓他們跳會出更大的問題」。

去年夏天，紐約愛樂在Prospect Park免費演出，區民代表上台致詞說；「這世界上只有兩種人，一種住在布魯克林，另一種人則是夢想能住在布魯克林。」群眾熱烈歡呼，布魯克林有別於其他區專屬的自豪情緒，而長官這麼囂張的發言也很布魯克林，有布魯克林式的囂張、有布魯克林式的難搞、也有布魯克林式的口才與黑色幽默，這裡是養出伍迪艾倫、史派克李、Jay-Z、艾迪墨菲、吉米法隆、芭芭拉史翠珊、賴瑞金還有桑德斯參議員的地方，這裡是適合生活的地方，但明年此時，房租會漲成多少呢？是否每個熱愛生活的人都繼續幸福呢？這是今日布魯克林最深刻的存在問題。

Brooklyn Academy of Music

醒來記得調整距離

年紀漸長卻沒有發財，但很想追求多一點生活空間的，都會像我這樣，往布魯克林南邊搬。

從Bed-stuy挑任何一條南北向的路往南走，都會走到Crown Heights，現在Crown Heights的庶民氣氛更加強烈，是最大的住宅區之一，商店較少，都集中在Fulton跟Nostrand兩條幹道上，這兩條街上你可以看見新舊文化快速交替，有著華人姓氏的廉價外銷成衣大賣場（西裝兩套一百！）幾間老派的家庭理髮、很多間專門編髮的店、還有大批發美材行，這些店專攻超級自然捲髮，伴隨著速率倍增的都更洗禮，破舊無人光顧的老店一間間被轉租成為有機食品商店及咖啡館，代表著都會年輕中產階級的生活型態逐漸取代三代同住、週日西裝上教堂、母女在美容院編髮聊八卦的生活型態。

唯一不變的，是我生活的圓心依然是BAM（Brooklyn Academy of Music，布魯克林音樂學院），依然每星期到BAM對面的Mark Morris Dance Center上舞蹈課。馬克・莫里斯（Mark Morris）老師在全盛期買下了黃金地段土地建了這個五層樓高的舞蹈中心，地鐵二十四條線中有十條會到，教室寬敞，採光通風良好，芭蕾課配有現場鋼琴或鼓隊伴奏，學費還比曼哈頓便宜，很多內行人都跟我說「MM太主流了我不喜歡」，但是你學跳舞感有必要那麼

努力耍帥嗎？而且MM很多主張明明一點也不主流；他會挑矮小的舞者當首席、讓胖姑娘當主角、他為怪咖還有不聽話的孩子編舞，這裡還是一個特別專案的總部：「巴金森氏症的舞（Dance for PD®）」，這個全球推廣計畫由退役的芭蕾舞星David Leventhal主持，這是確確實實為了巴金森氏症患者所設計的舞蹈，最初的發起人是具有舞蹈基礎的布魯克林巴金森協會Brooklyn Parkinson Group（BPG）會長Olie Westheimer，他找MMDG合作設計一套舞蹈動作，目的是透過「舞蹈干預」緩解患者逐漸失去平衡感、動能、以及動作流暢度的病情，這樣的態度很布魯克林──「不是為了出名、也不是為了賺錢，我做這些事是因為我想，而且（暫且還）負擔得起。」

這樣的布魯克林精神發揮到了極致，與二十一世紀初的社交媒體熱潮、房地產高檔化碰撞之後，成為Hipster文化，在破破爛爛的East Williamsburg舊倉庫裡，你坐在裸露橫樑下的大長桌前，一名頂著蓬鬆包頭的年輕帥哥幫你點餐，你吃了一碗越南河粉十三美元，想說這碗在曼哈頓不是只要八塊嗎？ 在布魯克林，你每走兩步路就可以碰到一名Artist，你不會知道他們白天其實是會計師、水電工、或是藥劑師，他可能一直找不到他在賽普勒斯用過的那個顏料牌子，所以從來沒有開過畫展，也可能他生日

會上出現的兩百個人就是他最重要的藝術創作，在這裡我們學會了不多問沒用的問題，反正他還在呼吸、他開心，Mind your own business，顧好你自己先。

有一天我讀到日本直木賞得主櫻木紫乃說，慶幸自己是旅館老闆的女兒。櫻木的父親在寒冷的北海道經營一間情人旅館：「在懂事之後，我就完全沒有體會過所謂的「家人團聚」或是經濟上的富裕。十五歲之後，又開始在家裡經營的情人旅館幫忙，淡淡地整理男歡女愛後的痕跡。對我來說，那是很平常的日常生活，並不覺得自己很可悲。所以，每個人都對幸福都有自己的標準，不需要由別人來決定──。」情人旅館的女兒長大後成為主婦，三十七歲後變成小說家；大約五十年前，一位餐廳老闆的女兒碧娜‧鮑許成為舞者、編舞家。

在戰前德國（後來成為西德），用餐時間以外的餐廳自然成為了咖啡館，碧娜小時候經常蹲在咖啡桌下，在鞋來鞋往之間，感受戰後西德的不安與渴望，她把童年的印象一直帶到紐約，拿獎學金在茱莉亞學院學舞、畢業後在各種一流舞團擔任舞者、發表作品，一九七八年，她轉型發展「舞蹈劇場」創作方式。在新舞作編排途中，多數工作人員因為不習慣新穎的風格而請辭，碧娜只好緊急重新招募，最後在緊急湊出的舞者、演員、歌手共同

創作之下，出產了一支名字很長的跨類別的作品：〈他牽著她的手，帶領她入城堡，其他人跟隨在後〉（*Er nimmt sie an der Hand und führt sie in sein Schloss, die anderen folgen*）。

同一年的第二件作品是《穆勒咖啡館》（*Café Müller*），這支現在成為碧娜·鮑許最知名的經典作品，首演觀眾一時無法接受。大部分藝術愛好者走進戲院，希望看見一些閃亮的、夢幻的、乘著飛天馬車奔向銀河的仙女、或是在花朵中央相擁而眠的精靈，他們沒有預期在台上看見生活的不堪。

誰沒在咖啡館相戀過、誰沒在咖啡館爭吵、流淚、奪門而出過呢？《穆勒咖啡館》光線陰沉、舞者瘋癲、音樂悲壯，確實很不舒服，不舒服有不舒服的美感，把不舒服之美搬上舞台，這就是當代舞蹈藝術改革中重要的一環。到底哪裡是現實、哪裡是表演呢？她的舞者在舞台上總是掏心掏肺不要命地演，直到謝幕時所有舞者都筋疲力盡、只剩半條命的樣子，觀眾不禁懷疑這是「表演」嗎，難道不是現實的一個玩笑嗎？但那些動作的精準美學，又讓人不得不相信這些都是經過編排演練的專業藝術表現，連情緒的堆積跟汗水的流動都計算好了。

當時的碧娜作品被說成是「重複、冗長、身心靈的折磨」，碧娜本人則有了「劇場恐怖分子」的外號，而碧娜的舞者無論外

界評論，對她死心塌地、絕對忠誠，又被正統芭蕾舞者視為「邪教」。一九八四年《穆勒咖啡館》的布魯克林BAM首演，《紐約客》雜誌的Arlene Croce老實不客氣的評論這支舞「三十五分鐘長，感覺像九十分鐘」、「《穆勒咖啡館》有著淺薄卻浮華的特技，這是一本『如何做劇場』的手冊，它供奉的是業餘者把精神病發當成戲劇的信仰。」但也有超脫鬱悶的評論家，《紐約時報》的Anna Kisselgoff一眼看穿：「碧娜本人自己擔任的夢遊女，在舞台上，將周遭所有情感發育不良者的人生一具一具都吸進自己的毛孔，碧娜‧鮑許本人也是這樣的創作者。」

　　《穆勒咖啡館》的旋轉門與滿地的桌椅就是這個世界，夢遊的女人是碧娜本人，那個在她前面急忙將桌椅推倒清理路線的男人，是她現實生活中的愛人，也是設計這個舞台的人Rolf Borzik。Rolf Borzik在世時一直都是碧娜舞蹈劇場的舞台設計，他的舞台跟碧娜的編舞緊密結合、缺一不可，他將詩意附加在尋常生活物品上，藉由物品這樣的實體，碧娜創作的主軸──情緒──有了著力點與發揮的空間，在有限的舞台上重現生活。碧娜的劇場提供觀眾有形空間，裡面的留白則要靠各人自行腦補。碧娜跟Rolf的關係如何，外人無從得知，但當年逆境重重也執意向前的碧娜，以及為她創造舞台、又在舞台上搏命清除障礙的男人，大概舞台上

的關係與他們當時的關係相去不遠，對一個瘋狂藝術家來，說這就是幸福了吧。

但當守護者在一九八○年提早離開人世，夢遊者也差不多該睜開眼睛了。

很久以前有一首竇唯的歌〈上帝保佑〉有兩句詞是這樣的：

也許你我時常出現在彼此夢裡，可醒來後又要重新調整距離。

碧娜終其一生的作品主軸總是圍繞著兩人關係的暴烈與吸引力，舞台上的《穆勒咖啡館》代表的就是宇宙的全部。咖啡館確實不能代表整個宇宙，但足夠見證所有關係的起點到終點，每一張桌邊都有一段不同的關係、正處在不同的階段，他們有時能看見別人，但大部分時間，他們只能盯著彼此，太近的想要遠離、挽留的注定遭受抗拒、清醒的人必定承受痛苦、慌亂的旁觀者注定瞎忙，直到最後大家全部累得半死，燈光熄滅。當醒來以後，燈光再起，把桌椅擺好，調整一下距離，又是咖啡館一天的開始。

七月底，Park Slope的居民在當地教堂追悼大家的好朋友──流浪漢Derrick 'Juice' McGlashen、電影明星珍妮佛康納莉夫妻檔以

三百七十萬美金售出傳說中的鬧鬼豪宅，這裡的街道將會越來越乾淨，越來越安全，越來越昂貴。九月，相隔三十三年《穆勒咖啡館》與《春之祭》重回BAM演出，歌劇廳全席完售，還加開包廂席，演出當天排候補的人繞了街口一整圈——原來布魯克林的碧娜粉絲密度比我想得還高——三十三年前看過首映的老觀眾們，跟三十三年前還沒出生的新粉絲一起在隊伍中聊天，說天哪沒想到這麼多人知道《穆勒咖啡館》，這種事在曼哈頓不會有的，Only at BAM。

又過了月半，在樹葉終於紅透被入冬的狂風全數掃蕩落地的那天，我搭地鐵去看John Cale的《Velvet Underground》——完全賠錢、但是改變了搖滾樂的一切的——首張專輯五十周年紀念演出，當年粗糙頹廢青年之聲，被改編成一夜限定的搖滾交響樂版本，在BAM的歌劇院演出聲音剛好。七十五歲的John Cale帶著平均比自己年輕四十歲的現任團員跟來賓——包括能一邊彈琴一邊打鼓有如AI機器人一般的鼓手、四位沉迷古怪技法的吉他手、拿著琴弓的貝斯手、還有一隊室內樂團——他像個音樂學院的酷校長，藉此機會向熱愛搖滾的觀眾介紹各位正值青壯年的強者，我的中年男伴仔細觀察著每個樂手，非常開心；「超強樂團，沒得挑剔。」坐在我前面的老先生——可能比VU更老，興奮地搖擺

著、脫下鴨舌帽，露出光溜溜的頭頂，圍繞圓周的銀白長髮，依舊桀驁不馴地鬈曲著。

我們跟著心滿意足的人群魚貫走出BAM歌劇院，這只是紐約市的某個星期四晚上，寒風送起，有家的人無不趕緊踏上歸程，車從曼哈頓大橋上越過東河，沿著河邊的FDR環河高速往北，對岸的長島市高樓群看起來跟上海浦東一樣超現實，二十年前沒人想去、票亭內的站務員會被放火燒死的危險地區，現在是房產超新星。我們回到VU第一首單曲第一行歌詞裡提到的Lexington Ave.與125街交叉口——五十年前的Lou Reed來這裡找他的藥頭。

二〇一七年的125街車站是個繁忙的車站，兩路快車南北連結The Bronx跟中央火車站，通勤行人往來匆匆，映入眼簾的車站過道依然滿載著但丁氣氛，被可怕的欲望纏繞的人們徘徊著折磨自己、嚇唬行人、欺負同伴、卻又哀求他人垂憐，走出車站，這個主要幹道四周的人行道被拒馬層層圍住不容停留，一台NYPD裝甲車全天候駐守，旁邊的大型廉價成衣賣場Rainbow已經被清空，不明白上萬件大尺碼便宜貨怎能瞬間消失，只剩下斗大的招牌，寫著「大尺碼：14-20號」，兩條街外，一間抹茶咖啡館跟一間販售Balmain設計師眼鏡的精品店即將開幕。

總之還能跳舞的時候就跳，總有一天，當舞正熱時，音樂會

被切掉，大燈亮起，有人可以留下、而有人必須走。

當那天來到，夢遊的紐約人，醒來記得調整距離。

[Tour]
Prospect Park

歡迎光臨布魯克林

據說「早午餐」的興起跟「週日上教堂」有關，因為人丁眾多的黑人家庭平日通常在家自炊，只有到了週日，全家會精心打扮上教堂，禮拜完畢之後便全家到附近的餐廳用餐，至少以前在哈林區的街上所有餐廳平日晚餐時間都是空蕩蕩的，只做外賣，根本沒人坐在裡面用餐，但是到了週日早上便高朋滿座，且人數一桌比一桌大，男子都西裝革履，女子戴上與服飾相配的帽子，小孩也穿上小禮服。

不過現在早午餐文化已經被服裝不整、舉止邋遢的可惡文青給占據了，因為他們都知道，要避免餓著肚子排長龍，一定要趕在教堂裡的人出來之前去占桌子（好了，現在你知道了吧。），紐約市幾乎所有的餐廳都是到齊（某些大桌則須過半數）才能入座，所以那種「你們先點我在來的」藉口可能導致友情毀壞，每個人都得準時出現才行。

第一次大駕光臨布魯克林的客人，請挑一個星期日，從教堂財力最強、密度最高的Bed-Stuy早午餐開始你的一日遊吧。

週日來Bed-Stuy千萬不要開車，因為週日因為教堂日，到處都是並排停車，塞得很。你走在路上就會感受到他們對神的愛——因為唱詩班超大聲的！週日教會的第一場最早七點就開始，直到九點半或結束，他們穿上教堂的服裝可不是普通的成衣，有些是

上世紀的香奈兒經典款，有些是進口布料加上老師傅訂製手藝，有些是祖傳民族改良款。Bethany Baptist Church外也能觀賞到儀式後教堂階梯上演的帽子大觀。

Peaches 創作南方菜

（十一點才開）我心中無可挑剔的第一名，每有貴客來訪我必定帶去Peaches，從大明星（靖哥）到大編輯（我妹）都心滿意足，推薦所有有蝦的料理還有玉米糊。

飽餐之後必須散步，Bed-Stuy的全名是Bedford – Stuyvesant，這是兩條街的名字，也是這一區的東西邊界，古蹟街道最好看的房子集中在Macon，MacDonough，Decatur三條街上，萬聖節前後房子會披上蜘蛛網，或在花圃裡插上墓碑，這時你會心想，坐在那邊的老伯，是哪個世紀的人呢？

Brooklyn Museum 布魯克林博物館

往南二十分鐘車程，越過我最愛的Easter Parkway公園大道，便是Brooklyn Museum——布魯克林人第一次約會最愛來的景點；冷氣涼快、氣派的建築、寬敞明亮的展間，除了特展之外，入場

費自由樂捐制，中庭大廳經常有各種免費表演、舞會，除此之外咖啡、餐廳、休息區、花園一應具全，續攤進可攻退可守，往北走兩個路口可以去Franklin Ave周邊的啤酒花園，往西有植物園跟Prospect Park可以躲到樹後面親熱。

咖啡與冰淇淋點

布魯克林人最愛的幾種當地製品就是：咖啡、啤酒、冰淇淋身為Hipster文化發源地布魯克林，你一到就能感受到那Hipster的極致，首先與你擦身而過的「男子包頭（head bun）」數量會刷新歷史紀錄，然後你也會看到很多剃光頭卻留一把大鬍子的年輕人，你將不斷在店裡看見Made in Brooklyn, for Brooklyn的本地限定產品。

Ample Hill Creamery

本地自製冰淇淋店。

夏日七點，我希望你已經在Prospect Park草地上睡過午覺了，因為離天黑還早呢。

Grand Army Plaza 大圓環

雄偉的拱門被綠樹環繞，這是布魯克林的中心，從這裡往西去Park Slope，往北是Prospect Heights，美食選擇多得不得了。

晚飯後，你以為已經可以回去睡了？紐約人哪有那麼早睡，往北到越夜越多人的Williamsburg去吧。

Brooklyn Brewery 布魯克林啤酒廠

本地最大啤酒廠展示店，可以試喝跟參觀製作過程。

Nitehawk Cinema 夜鷹電影院

可以在座位上點菜的電影院，神奇的夜燈設計跟走路像貓咪的服務生絕對讓你吃飽喝足也不影響觀影。

Westlight 22nd Floor 屋頂觀景酒吧

屋頂酒吧與觀景台，雖然服務生的態度傲慢，又充滿浮華人士，但當你一小時後終於等到桌子坐下，在夜已深時，看著對岸的對岸曼哈頓住宅高樓千萬燈火一顆一顆熄滅，你的內心此時無比寧靜。

九歌文庫 1279

有時跳舞

作者	何曼莊
內頁攝影	何曼瑄、何曼莊
內頁設計	陳恩安
地圖繪製	馮議徹
責任編輯	羅珊珊
創辦人	蔡文甫
發行人	蔡澤玉
出版發行	九歌出版社有限公司
地址	臺北市105八德路3段12巷57弄40號
電話	02-25776564
傳真	02-25789205
郵政劃撥	0112295-1
九歌文學網	www.chiuko.com.tw
印刷	晨捷印製股份有限公司
法律顧問	龍躍天律師‧蕭雄淋律師‧董安丹律師
初版	2018年3月
定價	320元
書號	F1279
ISBN	978-986-450-176-2

New York

國家圖書館出版品預行編目（CIP）資料｜有時跳舞 New York／何曼莊著. -- 初版. -- 臺北市：｜九歌，2018.03｜256面；14.8×21公分.
-- （九歌文庫：1279）｜ISBN 978-986-450-176-2（平裝）｜855｜107001973

National Culture and Arts Foundation　本書榮獲國藝會創作補助
NCAF